KB231278

조선후기 통신사 필담창화집 번역총서 8

水戸公朝鮮人贈答集
木下順菴稿

수호공조선인증답집·목하순암고

조선후기 통신사 필담창화집 번역총서 8

水戸公朝鮮人贈答集
木下順菴稿

수호공조선인증답집·목하순암고

허은주·김정신 역주

보고사

이 역서는 2008년도 정부재원(교육과학기술부 학술연구조성사업비)으로 한국연구재단의 지원을 받아 연구되었음(KRF-2008-322-A00073)

이 번역총서는 2012년도 연세대학교 정책연구비(2012-1-0332) 지원을 받아 편집되었음.

차례

일러두기

1. 통신사 필담창화집 번역총서는 제1차 사행(1607)부터 제12차 사행(1811)까지, 시대순으로 편집하였다.
2. 각권은 번역문, 원문, 영인본의 순서로 편집하였다.
3. 300페이지 내외의 분량을 한 권으로 편집하였으며, 분량이 적은 필담창화집은 두 권을 합해서 편집하고, 방대한 분량의 필담창화집은 권을 나누어 편집하였다.
4. 번역문에서 일본 인명과 지명은 한국 한자음 그대로 표기하고, 처음 나오는 부분의 각주에 일본어 발음을 표기하였다. 그러나 번역자의 견해에 따라 본문에서 일본어 발음대로 표기를 한 경우도 있다.
5. 번역문에서 책명은 『 』, 작품명은 「 」으로 표기하였다.
6. 원문은 표점 입력하였는데, 번역자의 의견에 따라 표기하는 것을 원칙으로 하였지만, 가능하면 한국고전번역원에서 정한 지침을 권장하였다. 이 경우에는 인명, 지명, 국명 같은 고유명사에 밑줄을 그어 독자들이 읽기 쉽게 하였다.
7. 각권은 1차 번역자의 이름으로 출판되었는데, 최종연구성과물에 책임연구원과 공동연구원의 이름이 반드시 들어가야 한다는 한국연구재단의 원칙에 따라 최종 교열책임자의 이름으로 출판되는 책도 있다.
8. 제1차 통신사부터 제12차 통신사에 이르기까지 필담 창화의 특성이 달라지므로, 각 시기 필담 창화의 특성을 밝힌 논문을 대표적인 필담창화집 뒤에 편집하였다.

수호공조선인증답집

水戸公朝鮮人贈答集

수호공조선인증답집(水戸公朝鮮人贈答集)

이 책 『수호공조선인증답집(水戸公朝鮮人贈答集)』은 1682년 임술사행 시, 8월 21일 에도(江戸)에 입성한 이후 9월 12일 에도를 떠나기까지의 기간 동안에 사행의 행적 중 일부, 즉 히타치국(常陸國) 미토번(水戸藩)의 제2대 번주(藩主)인 도쿠가와 미쓰쿠니(德川光圀, 1628~1700)와의 교류를 전하는 기록이다. 1682년 임술사행의 행적을 전하는 역관 김지남(金指南)의 『동사일록(東槎日錄)』에는 에도 체류 중의 기록이 전혀 포함되어 있지 않고, 같은 사행의 역관 홍우재(洪禹載)가 저술한 『동사록(東槎錄)』에도 미쓰쿠니와의 교류는 거의 나타나 있지 않기 때문에 흥미로운 자료이다.

미토번은 도쿠가와 이에야스와 직결되는 도쿠가와 고산케(御三家) 중의 하나인데, 미쓰쿠니는 이에야스의 11남인 도쿠가와 요시후사(德川賴房)의 3남으로, 요시후사에 이어 2대 번주가 되었다. 미토번이 도쿠가와 시대 유수의 유력 번일 뿐 아니라, 미쓰쿠니 개인을 놓고 볼 때도 유학을 숭상하고 학문을 좋아하여 문교정책(文教政策)을 펼쳐서 쇼코칸(彰考館)을 설립해 『대일본사(大日本史)』를 편찬하게 하는 등 많은 치적을 쌓았기 때문에 일본근세에 손꼽히는 위인으로 평가받는 인물이다.

체재면에서 볼 때, 이 책은 필담창화집이 아니고, 통신사행이 에도에 머무는 동안에 미쓰쿠니와 교류하는 과정을 미토번의 관계자로 추정되는 필자가 상세하게 기록한 것이다. 통신사와 미쓰쿠니의 교류과정은 일기 형식으로 구성되어 있고 그 과정에서 통신사와 미쓰쿠니 사이에 나눈 시문이 소개되어 있다. 증답시는 물론 한시이지만, 그 외에는 일본어의 소로분(候文, 문장의 말미에 정중어(丁寧語)인 '소로(候, ~~입니다)'를 사용하는 문어체 문장으로 공문서나 서간에 사용되었음)으로 쓰인 것도 특징이다.

내용면에서는 크게 두 가지 문제로 요약된다.

(1) 미쓰쿠니는 통신사를 접대하기 위해서 몇 차례에 걸쳐서 통신사가 머무는 숙소로 사자를 보냈는데, 이 과정에서 통신사가 미쓰쿠니에게 보낸 예물에 동봉한 서면의 양식이 예에 맞지 않는다고 하여 이에 대해 3개조의 질문을 통신사에게 보낸다. 예컨대, 증정인을 '통신사'라 쓰고 그 옆에 정사 윤지완(尹趾完)의 자를 도장으로 찍은 것이 예에 어긋난다는 것이다. 사자를 통해서 이에 대한 답변을 집요하게 요구당하지만 결국 사행은 답변을 회피한다. 서면 양식에 대한 미쓰쿠니의 문제 제기는 명나라의 유신인 주순수(朱舜水, 1600-1682)를 미토번으로 초빙하여 예학에 주력한 미쓰쿠니의 자신감이 뒷받침되어 있었다. 이후 이 해프닝은 조선의 사신을 당혹스럽게 했다 하여, 수많은 미쓰쿠니의 공적 중 하나로 후대의 문헌에 오르게 된다.

(2) 미쓰쿠니가 삼사에게 신행(贐行)으로 은자 3백 량을 보낸 것에 관한 서로의 입장 차이가 서간을 통해서 피력된다. 미쓰쿠니가 예에

신경을 써서 서간과 함께 은자를 보냈는데, 삼사가 이를 거절한 것이다. 사행시, 삼사가 받은 예물은 심리적으로 무거운 짐이었다. 쇼군이 삼사에게 내린 은자 예물을 끝내 받을 수 없다 하여 하천에 던져버린 1636년 사행의 일화는 이러한 사정을 잘 드러낸다. 이 하천의 일본에서의 본래 이름은 '今切川'이지만, 조선의 자료에는 한자를 한국어로 읽어 같은 발음에 해당되는 '金絶河' 혹은 '今絶河'로 표기되거나, 아예 '投金河'라는 별개의 명칭으로 표기될 정도로 이 일화가 강조되는 것을 보더라도 미쓰쿠니의 예물을 받은 삼사의 부담은 짐작할 수 있다. 그러나 선례가 있다 하며 로주(老中)까지 나서서 예물을 수취할 것을 적극적으로 권하는 바람에 더 이상 사양하지 못하고 받아들이게 되지만 서간을 통해서 자신들의 입장을 충분히 피력했다.

저본은 국립중앙박물관에 소장된 사본이며, 『西山遺事附朝鮮使書簡』, 『水戶公韓客贈答書』, 『水戶公与朝鮮使節贈答詩文』, 『光國卿与韓使贈答』의 문헌이 이본으로 전해지는 것으로 파악된다.

수호공(水戶公)[1] 조선인 증답집

8월

21일, 조선인 에도(江戶)에 도착하였다.

22일, 조선인 삼사에게 사자를 보내시었다.

27일, 조선인 에도성(江戶城)[2]에 들어가 배례하였다. 주군[3]께서 어조초목(魚鳥草木) 등을 보내 나카무라 신파치(中村新八)와 시게쓰(指月)를 통해서 조선인에게 질문을 하고 싶다고 생각하시어 그 허락과 안내를 하도록 하야시 하루사다(林春常)[4]에게 전하시었다.

---

1 수호공(水戶公) : 에도 시대, 히타치국(常陸國) 미토번(水戶藩)의 제2대 번주(藩主)인 도쿠가와 미쓰쿠니(德川光圀, 1628~1700). 쇼코칸(彰考館)을 설립해서 『대일본사(大日本史)』를 편찬하게 하고, 사원의 개혁, 권농정책 등을 추진했다. 후세에 미토코몬(水戶黃門)이라는 이름으로 알려져 전설적인 인물이 되었다. 이하, 본문에서는 '미토 공'으로 읽는다.

2 에도성(江戶城) : 1590년 도요토미 히데요시(豊臣秀吉)에 의해서 개성되었지만 도쿠가와 이에야스(德川家康)가 입성하면서 이후 에도 막부의 본성이 되었다.

3 〈주 1〉의 도쿠가와 미쓰쿠니.

4 하야시 하루사다(林春常) : 하야시 호코(林鳳岡, 1645~1732)를 이름. 하야시 하루사다(林春常)는 법명, 실명(實名)은 하야시 노부아쓰(林信篤). 에도 막부의 유학자. 공자를 모시는 사당인 유시마 성당 대성전(湯島聖堂大成殿)이 완성되었을 때 5대 쇼군 도쿠가와 쓰나요시(德川綱吉)로부터 초대 대학장으로 임명되어 유불분리를 추진하였다.

28일, 조선인 니시노마루(西御丸)[5]에서 배례하였다. 하야시 하루사다가 소 쓰시마 태수(宗對馬守)[6]의 가신(家臣)인 고야마 도모카즈(小山朝三)[7]와 나이토 사쿄노스케(內藤左京亮)[8]의 가신인 오다카사카 세이스케(大高坂清助)[9] 두 사람에게 서한을 보내었다. 신파치와 시게쓰를 시켜 어조초목(魚鳥草木) 등을 두 개의 바구니에 넣어 보내니, 고야마 도모카즈가 나와 주선하여 학사 성완(成琬)[10]과 의관 정두준(鄭斗俊)[11]을 만났다. 정두준은 선물 받은 어조초목에 관해서 아는 바가 없어서 한 마디도 답을 못 하고 어조(魚鳥)에 관해서 성완에게 물었다.

29일, 고야마 도모카즈가 전날 분부하신 일을 주선한 것에 대해서 겹옷을 하사하셨다. 신파치가 서한을 지참하여 이를 전하였다.

같은 날, 시게쓰를 조선인에게 보내시어 국자(國字) 등에 대해 질문

5 니시노마루(西の丸) : 에도성의 중심부인 혼마루(本丸)의 남서쪽 지역으로 쇼군(將軍)의 세자가 거주.

6 소 요시자네(宗義眞, 1639~1702) : 쓰시마번 3대 번주(재임기 1657~1692). 수령명은 쓰시마 태수(對馬守), 관명은 시종(侍從), 형부대보(刑部大輔).

7 고야마 도모카즈(小山朝三, ?~1684) : 에도 전기(前期)의 유자. 사카이(堺) 출신. 호는 쇼케이(松溪). 에도(江戶)에서 하야시 가호(林鵞峰)에게 배우고, 쓰시마(對馬) 후추번(府中藩)을 섬겼다. 중국어에 능숙해서 오사카(大阪), 교토(京都), 에도 등 각지에서 통신사가 필담 창수할 때에 동행했다.

8 나이토 사쿄노스케(內藤左京亮) : 나이토 요시무네(內藤義概, 1619~1685). 이와키타이라번(磐城平藩)의 제3대 번주. 관위는 종사위하(從四位下), 좌경대부(左京大夫).

9 오다카사카 세이스케(大高坂清助, 1647~1713) : 에도 전기의 유자. 도사(土佐) 출신. 호는 시잔(芝山). 저서에 『적종록(適從錄)』, 『남학전(南學伝)』, 『남학유훈(南學遺訓)』 등이 있다.

10 성완(成琬, 1639~?) : 호는 취허(翠虛). 본관은 창녕(昌寧). 자는 백규(伯圭)이다. 제술관 학사.

11 정두준(鄭斗俊) : 의관.

하시었다.

9월

초하루, (미토 공이) 신파치, 시게쓰 두 사람을 조선인에게 보시니, (두 사람이) 초목 여러 가지를 가지고 가 성완에게 질문했다. 도모카즈가 나와서 재상의 분부가 있다고 고하니, 쓰시마 태수도 들어서 알고 있으므로 주선하라 명했다. 또 쓰시마의 상인에게 조선의 통역을 맡겼는데, 가세 고에몬(加勢五右衛門)이라 하는 자도 쓰시마 태수의 명을 받아서 만남을 주선하였다. 같은 날, 신파치, 시게쓰가 자신의 지참분으로 화지(和紙) 세 묶음씩을 성완에게 주었다.

2일, 시게쓰를 보내어 학사 성완 외에 김지남(金指南)[12]이라 하는 조선인에게 이것저것 질문하였다.

3일, 삼사가 상상관(上上官) 세 사람을 사자로 주군에게 보내어 '청물(青物)'을 진상하시다.

12 김지남(金指南, 1654~1718) : 본관은 우봉(牛峰), 자는 계명(季明), 호는 광천(廣川). 자헌대부, 지중추부사, 역관. 1682년에 일본과 청나라에 다녀왔다. 압물통사로 일본에 다녀오면서 1682년 5월부터 11월까지 7개월간의 기록을 적은 『동사일록(東槎日錄)』을 편찬했다.

〈목록〉

미토 공 합하께 받들어 올립니다.
매 1쌍, 인삼 1근, 호피 2장, 백조포 5필, 부용향 20자루, 황모필 20자루, 참먹 20홀
임술 9월 일 통신사 숙린

같은 날, 도모카즈가 신파치에게 서장으로 삼사의 부탁을 전하였다. 주군의 문고에 있는 『황면재집(黃勉齋集)』[13]을 빌리고 싶다는 뜻을 전해왔으나, 소지하고 있는 것이 없으므로 보내주지 못하였다. 신파치, 시게쓰가 초목을 노새에 실어 보냈는데, 성완은 안에 들어있기 때문에 노새를 보지 못하고 정두준, 유이관(劉以寬), 정장수(鄭丈秀) 그 외에 시종으로 있는 조선인에게 보였다. 도모카즈를 만나 이것저것 분부하신 것들을 질문하였다.

같은 날, 가세 고에몬에게 은자 하나를 하사하셨다.

4일, 주군의 뜻에 따라 신파치가 서간을 가지고 가서 학사 성완에게 견축(絹縮)[14] 3단홍색, 황색, 백색을 하사하였다. 이를 종이로 감싸고 그 위에 '추파사(皺波紗) 3단'이라 써서 주셨다. 신파치, 시게쓰가 초목 등 여러 가지를 성완에게 질문하였다. 도모카즈와 고에몬이 나와서 주선하여 신파치가 자신의 청물(靑物)로 부채 한 상자스무 자루를, 시게쓰가

13 『황면재집(黃勉齋集)』 : 황간(黃榦)의 저술서인 『면재문집(勉齋文集)』을 이른다.

14 견축(絹縮) : 종사에 생사, 횡사에 강연사를 사용해서 직조한 견직물로 짜임이 매끄럽지 않고 울퉁불퉁한 것이 특징. 여름용 옷감이나 침구에 많이 사용된다.

자신의 청물로 담배 한 상자세 종류 및 담뱃대다섯 자루를 성완에게 주었다. 어제 삼사가 주군에게 바친 청물 목록의 서면이 예에 맞지 않으므로 세 개조의 의문을 글로 쓰셨다.

같은 날, 신파치에게 (이를) 가지고 가게 하셨다. 신파치가 이를 학사 성완에게 보이니, 성완이 보고 난 후 동료 학사 이담령(李聃齡)에게도 보이며 둘이서 한동안 생각했으나 아무런 답도 없다가 통역인 고에몬을 통해서

"이는 상상관 상판사가 관장하고 있으므로 우리들로서는 판단할 수 없는 일입니다"

라고 하였다. 신파치가

"지난번에 (그러한 내용을) 그대들에게 써서 남겨놓고 상상관 상판사에게도 이를 보였으며 삼사에게도 충분히 전달하였으니 답변을 듣고 싶습니다."

라고 하였다. 그러자 통역 고에몬이

"이는 중요한 일이라 생각되니, 이러한 일은 도모카즈를 통해 말하는 것이 좋겠습니다."

라며 통역을 사퇴하였다. 그러므로 도모카즈에게 그 사정을 자세히 설명하고 의문점을 건넸다.

의문을 옮겨 적음

질문

*하나 어제 삼사가 우리 상공에게 증정한 토의(土宜)에 성명이 갖추어지지 않은 채 품목과 수만을 기록하였습니다.

*하나 일인(一印)을 찍고 삼사가 증정하는 바라 칭했습니다.

*하나 인문(印文) 두 글자를 보고 궁금한 것은, 이는 윤공[15]의 자(字)입니까? 옛 사람들이 교제할 때는 스스로 이름을 칭하고 자를 칭하지 않는 것이 통상의 방식으로 여겼습니다.

위의 세 가지 점에 아무래도 의문스러운 점이 있으니 대저 귀국의 법도가 이러한지 듣고 싶습니다.

위 의문 중에 '토의(土宜)'라는 두 글자는 처음에는 '방물(方物)'이라 하셨는데, (이에 대해서) 도모카즈가 시게쓰에게 전하기를,

"'방물'이라는 두 글자는 전해에도 로주(老中)[16]가 보낸 서간에 있었는데, 조선인이 뜻밖에 언짢아하면서 서간을 받을 수 없으니 지우라고 해서 여섯 군데를 지웠습니다. 그리고 일본에서 보내온 청물(青物)

15 윤지완(尹趾完) : 본관은 파평(坡平). 자는 숙린(叔麟), 호는 동산(東山). 1662년(현종 3) 증광 문과에 급제하고, 예조 판서, 병조 판서를 거친 다음 우의정을 지냈다. 1682년 부사 이언강(李彦綱) 등 475명을 거느리고 통신사로 일본에 다녀왔다. 청백리로 뽑혀 기록되고 숙종의 묘에 배향되었다.

16 로주(老中) : 에도 막부의 최고 직명. 쇼군에 직속해서 정무 일반을 총괄. 보통 2만 5,000석(石) 이상의 후다이다이묘(譜代大名 : 세키가하라(關ヶ原) 전투 이전부터 도쿠가와(德川) 씨의 가신이었던 다이묘(大名)) 가운데 4, 5명이 선출되어 월번제(月番制)로 정무의 책임자가 되어 실무를 행했다.

도 ‘방물을 보냄’이라 한다고 하니까, 이에 조선인이 납득하고 일이 잘 해결되었던 것입니다.”

라고 말하였다. (시게쓰는)

“일이 이러하게 되었는데 3개조의 답변은 해 주지도 않고, 오히려 방물이라는 글자에 대해서만 말씀하고 계신다고 생각됩니다. 따라서 이쪽에서 신파치를 통해서 전하고자 하는 것은 다음과 같습니다. 방물이라는 글자는 『서경(書經)』의 「여오(旅獒)」[17]에서 이르기를, 다른 나라에서 중원으로 보내는 조공을 말합니다. 그러나 방물이라는 두 글자의 뜻은 그것에만 한하지 않고, 각 나라들이 토산물을 서로 증정하는 것을 방물이라 쓴 것은 얼마든지 있습니다. 이를 논하고자 하면 드릴 말씀이 얼마든지 있습니다. 그러나 이것이 이쪽에서 질문하려는 의문의 본래의 취지는 아닙니다. 3개조에 대해 답변만 얻으면 되기 때문에 조선인이 싫어하는 글자가 있으면 고쳐야 한다고 생각하시어 특별히 방물이라는 두 글자를 ‘토의’라 써서 보내셨습니다.”

라고 전하였다.

5일, 다이주 공[18] 조선인의 곡마를 관람하시다. 같은 날, 시게쓰를 보내시어 이것저것 물으시었다.

6일, 조선인에게 사자를 보내셨다. 도모카즈가 지난번 분부에 대해 여러 가지로 주선하였으므로 신파치를 사자로 해서 백은 열 장을 하

17 「여오(旅獒)」: 『서경(書經)』의 「여오(旅獒)」는 서여(西旅)라는 나라에서 큰 개를 공물로 바치자 소공(召公)이 이를 받으면 안 된다고 하면서 무왕(武王)을 경계한 글.

18 다이주 공(大樹公) : 세이이다이쇼군(征夷大將軍)의 다른 이름으로 여기에서는 5대 쇼군 도쿠가와 쓰나요시(德川綱吉)에 해당된다.

사하셨다.

같은 날, 시게쓰, 신파치, 이마이 고시로(今井小四郎)[19] 세 사람에게 초목 등을 가지고 가게 하시니, 성완은 안에 있어서 만나지 못하고 김지남을 만나 분부하신 일을 조금 질문하였다. 신파치가 도모카즈를 만나 세 가지 의문에 대한 답변은 어찌 되었는지 물으니, 도모카즈가 말하기를,

"상상관 상판사에게 보였는데 모두 곤란하다고 말하며 삼사에게 전달이 되지 않으면 좀처럼 답변하기가 어렵습니다."

라고 답하였다. 신파치가 말하기를,

"전날 말씀드린 대로 삼사에게 전달한 것은 이쪽의 마음이기 때문에 어쨌든 답변을 받고 싶습니다. 스스로 답하기가 저어된다면 쓰시마 태수에게 물어보아서라도 전달해 주십시오."

라고 말하니, 도모카즈가

"잘 알겠습니다. 분명히 삼사에게 전하여 답변을 말씀드리도록 하겠습니다. 그리고 이름이 쓰여 있지 않으면 누구의 지참분인지 분명하지 않아서 주선을 해도 소용이 없으니 이름을 써 주십시오."라고 말하였다.

위의 질문에 신파치의 성명을 덧붙여 써 넣어 건네니, 도모카즈가 이를 삼사에게 전달하였다.

"미토 공이 사자를 통해서 질문을 하신 것이니 속히 답변을 해주셔야 합니다."

19 이마이 고시로(今井小四郎) : 생몰년 미상. 미토의 학자.

하고 여쭈니, 아무래도 난처하다고 하였다.

같은 날 저물녘에 사노 도에몬(佐野藤右衛門), 요시히로 사노스케(吉弘左助) 두 사람을 사자로 삼아서 삼사에게 서간과 은자를 보내오셨다. 나이토 사쿄노스케의 가신 삿사 사부로 우에몬(佐々三郎右衛門)의 주선으로 소 쓰시마 태수의 가로(家老)인 오우라키미 자에몬(大浦君左衛門)이 나와서 상상관 동지 박재흥(朴再興)[20]을 불러내어 서간과 백은을 받게 하였다. 얼마 후 주 자에몬(忠左衛門)과 박재흥이 나와서

"삼사께서는 정중하게 사자에게 절하고, 서간 및 백은을 주신 것을 대단히 감사하게 생각하고 계십니다. 배려가 깊은 예물입니다. 지금 분주하기 때문에 내일 이쪽에서 답변을 말씀드리겠습니다."

이 대답을 받고 도에몬과 사노스케는 물러났다.

서간을 옮겨 적음.

조선국 통정대부(通政大夫)[21] 이조참의 지제교(知製教)[22] 동산(東山) 윤군(尹君)께 바치는 글

일찍이 듣기를, 구주(九疇)를 내리고 인륜을 베풀어 홍범(洪範)[23]에

20 박재흥(朴再興) : 역관.

21 통훈대부(通訓大夫) : 조선시대, 문관(文官)의 정3품(正三品) 당상관(堂上官)의 품계(品階).

22 지제교(知製教) : 조선시대에, 왕에게 교서(教書) 따위의 글을 기초하여 바치는 일을 맡아보던 벼슬. 고려시대의 지제고를 고친 것으로, 내지제교와 외지제교로 나뉜다.

23 홍범(洪範) : 『서경(書經)』의 「주서(周書)」의 편명. 우(禹) 임금이 정한 천지의 대법(大

드리우며, 좋은 것을 계승하고 어짊(仁)과 가까이 하니, 이는 『예경(禮經)』에서 말하는 것입니다. 귀국이 본 조정과 긴밀히 통교하여 예로부터 지금까지 믿음을 지키고, 친선을 도모하여 맹약을 저버리거나 약속을 어기지 않았습니다. 생각건대, 단군이 천고의 난잡하고 어두움에 기초를 닦았으며, 기자가 남긴 풍습이 수백 년간을 이어 지금까지 널리 미치었습니다. 삼사께서 부절(符節)을 맡아 사신의 임무를 띠고 전대(專對)[24]의 명을 받으매, 산수가 심히 험난한 것을 낱낱이 경험하고 후정(堠亭)[25]이 긴 것은 노고가 있었기 때문입니다. 일전에 처음으로 의범(懿範)을 보고 유쾌한 마음이 더욱 더하였으나, 조정의 첫 자리에서 아직 충분히 깊은 대화를 하지 못하였습니다. 다만 유감스러운 것은 부평초처럼 한 번 만나서 다시 보기 어려울까 하는 점입니다. 여기에 훌륭한 선물에 황송해서 감사하는 마음이 지극히 큰데, 귀한 선물에 대한 보답이 없음이 부끄럽습니다. 그러나 감히 교제의 부끄러움을 없애고자 이에 부족한 것을 별도의 종이와 같이 갖추었습니다. 바라옵건대, 이치에 맞지 않는 것을 헤아려 이해해 주옵소서.

法)을, 은말(殷末)에 기자(箕子)가 부연하여 주(周)의 무왕(武王)에게 전하였다.

24 전대(專對) : 사신으로 가서 독자적인 판단으로 응답하는 것.

25 후정(堠亭) : '돈대(墩臺)'나 '망대(望臺)'에 세운 건물.

조선국 통훈대부(通訓大夫)[26] 홍문관 전한(典翰)[27] 지제교(知製敎) 노호(鷺湖) 이군(李君)께 바치는 글

자색 기운(紫氣)[28]이 짙은 것을 보니 훌륭한 사람을 바랄 수 있고, 청명한 별빛은 현자의 모임을 점치며, 천지간에 모든 만물이 감동하니, 사람도 진정으로 그러합니다. 일전에 (귀국의) 깃발이 에도에 도착하자, 사람들이 모두 황성(黃星)[29], 봉운(縫雲), 신용(神龍)[30], 주초(朱草)[31]의 모습이라고들 말하였습니다. 일전에 조당에서 한 번 뵈었습니다. 예전(禮典)에 규정이 있으니 어찌 감히 이쪽의 진심을 말하겠습니까만, 그 평안한 화기와 순수한 모습을 여기에서 알 수 있었습니다. 속을 가득 채우는 것은 반드시 밖으로 드러나기 마련이어서 보는 자가 놀라서 기이하게 생각합니다. 먼 곳의 군자가 (임금의) 명을 받잡고 부절을 지녀 여기에 이르렀으니 진실로 다행스럽습니다. 다만 현담기론(玄譚奇論)을 듣고 오천자(五千字)를 지어주시기를 청할 수 없음이 한스럽습니다. 관사(館舍)가 지척이지만 여러 군자와 만나서 술잔을 잡고 사모(四牡)[32]를 노래할 수 없으니 또한 원망스러울 뿐입니다. 토의

26 통훈대부(通訓大夫) : 조선시대 문관(文官)의 정3품(正三品) 당하관(堂下官)의 품계(品階).

27 전한(典翰) : 조선시대에, 홍문관에 속한 종삼품 벼슬. 유학의 경전을 관리하고 글을 다루며 임금의 물음에 응하는 일을 맡아보았다.

28 자기(紫氣) : 자줏빛의 상서로운 기운. 제왕이나 성현의 출현에 대한 전조(前兆)로 나타난다고 한다.

29 황성(黃星) : 상서로운 징조.

30 신용(神龍) : 영묘한 용.

31 주초(朱草) : 상서로운 풀(瑞草)의 이름.

를 받고 부담스러움을 금할 수 없어서 서신을 지어 진심을 보냅니다. 아울러 간소한 예를 전합니다. 애오라지 내방하신 뜻(來意)에 답하였으나 어찌 훌륭한 시문에 부끄러움이 없겠습니까! 오랫동안 잊을 수 없을 것입니다. 깃발을 휘날리며 돌아가실 때가 바로 가을의 절정이니 서리와 이슬을 조심하십시오.

조선국 통훈대부 홍문관 교리 지제교 죽암(竹菴) 박군(朴君)에게 바치는 글

사신으로 사방에 보내어져 상호지초심(桑弧之初心)[33]을 펴고 타국에 훌륭한 이름을 드러내는 것은 실로 사군자가 바라는 바입니다. 삼사께서 명을 받잡아 편안하게 거처할 겨를도 없이 말을 타고 달리니 계림(鷄林)의 장마(梅雨)를 만나기도 하고, 성사(星槎)[34]를 멀리 띄워 쓰시마의 태풍을 만나 발이 묶이기도 하셨을 것입니다. 적수(積水)가 구주(九州)를 돌고 안개 낀 파도에 건너기가 어려우니, 여정이 3계절에 걸치고 한서(寒暑)가 이미 바뀌었습니다. 제 몸을 돌보지 않고 나라에 충

32 사모(四牡) : 『시경(詩經)』 「소아(小雅)」 「녹명지십(鹿鳴之什)」의 편명. 서백(西伯)이 은왕(殷王)의 사신에게 그 공(功)과 노고(勞苦)를 위로해 이를 가악(歌樂)으로 만든 것.

33 상호지초심(桑弧之初心) : 남자가 뜻을 세우는 것.

34 성사(星槎) : 은하수에 뜬 뗏목이란 말로, 여기서는 외국에 파견하는 사신이 타는 배를 뜻한다. 전설에 어떤 사람이 바닷가에 살면서 해마다 8월이면 어김없이 뗏목이 떠오는 것을 보고, 그 뗏목에 양식을 가득 싣고 가서 은하수에 당도하여 견우와 직녀를 보았다 한다. 『박물지(博物志)』 10권.

성하여 바쁘게 움직이는 노로가 어떠하십니까? 예물을 드리던 날, 다행히 예물을 보니 옥산경수(玉山瓊樹)[35]처럼 사람을 홀연하게 만들었습니다. 조정의 법도가 예문에 규정이 있으니 저의 마음을 다 풀지 못해서 한스럽습니다. 일전에 황송하게도 귀국의 토산물을 받으니 기쁨과 부담이 교차하였습니다. 이에 별장과 같이 약소한 예의를 나타냅니다. 돌아가실 날이 머지않았으니 참상(參商)[36]의 이별에 까닭 없이 눈시울을 적시며 멀리서 바라봄을 참지 못할 것입니다. 양해해 주시기를 간절히 바라옵니다.

9월 6일

참의종삼위(參議從三位) 겸 우근위(右近衛)[37] 중장(中將)

미토후(水戸侯) 미나모토 미쓰쿠니(源光圀)[38] 재배하고 머리를 조아립니다.

위의 서간은 (예에 맞추기 위한) 대두(擡頭)[39]의 형식이었다. 서식은 말할 것도 없고 접는 방법에서부터 모든 부분에 이르기까지 꼼꼼하게

35 옥산경수(玉山瓊樹) : 경수(瓊樹)는 옥이 열린다는 나무를 말하는데 여기서는 상대방의 예물을 높여 사용되었다.

36 참상(參商) : 참성(參星)과 상성(商星). 참(參)은 서쪽에 있는 별, 상(商)은 동쪽에 있는 별로, 서로 멀리 헤어져서 오랫동안 만나지 못함을 비유한다.

37 우근위(右近衛) : 무기를 갖고 궁중을 경비하고, 행행(行幸)의 공봉(供奉)을 주관하는 기관.

38 미나모토 미쓰쿠니(源光圀) : 〈주 1〉을 참조.

39 대두(擡頭) : 상주문(上奏文) 등에서 귀인의 이름과 그에 관련된 말이 앞에 나올 때, 경의를 나타내서 행을 바꾸고 한 단 높게 쓰는 것.

준비하시고 이튿날 아침에 보내는 서간의 양식을 확인하셨다. 세 통 모두 오른쪽에 간의장(柬儀狀)[40]과 추신을 갖추었는데, 전부 대고단지(大高檀紙)[41]를 사용하셨다. 내함은 얇은 종이이며 외함은 대봉서지(大奉書紙)[42]이고, 붉은 첨(簽)은 전부 가가연지(加賀臙脂)[43]가 들어있는 것으로 이를 봉서지(奉書紙)[44]로 쌌다. 삼사 각각에게 백색 노송나무로 만든 받침대에 이 서간을 올려서 드렸다. 한 상자에 백은 3백 량을 넣은 각 상자의 위에 '백은 3관목(貫目)[45]'이라고 써두셨다. 세 상자 9관목을 하사하셨다. 예전에는 삼사에게 한 뭉치 은자 2백 량을 주었지만 이번에는 특별히 편지도 함께 보내시었기 때문에 이와 같다.

7일, 삼사 이하 빠짐없이 쓰시마 태수의 집에서 연향이 있었다.

이날도 시게쓰를 보내서 여러 가지를 질문하셨다.

전달한 질문의 답을 주시도록 말씀드리니, "어제 밤 미토공이 서간을 주신 것에 대한 답례도 말씀드리는 것이 마땅합니다. 그러나 물음에 대한 답을 할 수 없습니다." 하고는 전규인순(前規因循)의 잘못이라고 생각한다 하였다. "생각하는 바의 오용된 부분의 잘잘못을 글로 써

40 간의장(柬儀狀) : 편지의 서두에 '~가 ~에게 글을 씁니다'는 식으로 수신인과 발신인을 밝히는 서식을 일컫는 듯하다.

41 대고단지(大高檀紙) : 화지(和紙)의 일종. 참빗살나무의 껍질을 재료로 만든, 표면에 주름이 있는 상질의 종이로 문서나 포장에 이용되었다. 크기에 따라서 대고(大高), 중고(中高), 소고(小高)로 나뉜다.

42 대봉서지(大奉書紙) : 크기가 큰 봉서지(奉書紙). 세로 약 40cm, 가로 약 55cm의 크기.

43 가가연지(加賀臙脂) : 가가(加賀)에서 생산되는 연지로 고급품.

44 봉서지(奉書紙) : 봉서(奉書)에 사용되는 종이로 주름이 없고 순백색의 고급품. 색봉서(色奉書), 문봉서(紋奉書) 등도 있다.

45 관목(貫目) : 전화(錢貨)를 세는 단위. 1관(貫)은 전화 1000문(文).

서 말씀드리는 것이 어떻습니까?" 하니,

"지극히 타당한 물음에 앞으로 통신의 예의 폐단도 고쳐야 한다고 진중하게 생각합니다."라 하고는 뜻밖에도 어제 밤의 서간의 문장에 삼사가 경탄하며 칭찬하였다.

같은 날, 삼사가 상판사 세 명을 주군에게 사자로 보내서 어제 밤의 서간의 답신을 갖고 가게 하여 은근의 예를 다해 백은도 사양하고, 또한 세 가지 물음에 대한 답변도 하지 못하였으므로 그러한 사죄도 함께 말씀드리겠다고 쓰시마 태수에게 그러한 내용을 전하였더니, 쓰시마 태수는 우선 잠시 보류해 두기로 하였다.

이번에 조선 사신을 접대하는 임무를 봉행하기 위해 미즈노 우에몬노타이후(水野右衛門大夫)[46]에게 상판사 세 명이 오도록 되어 있었다. 주군이 이를 전해 들으시고는 조선인이 이쪽으로 갑자기 두 번 오는 것에 대해 깊이 생각하시고는 만류하도록 쓰시마 태수에게 전하시었다. 쓰시마 태수가 벌써 우에몬타이후에게 주군의 의사를 전하였는데, 미토 공이 우에몬타이후에게 분부하시어 (조선인이 오지 않도록) 말리라는 내용을 전하셨다. 밤에 아카바야시 우에몬(赤林右衛門)을 사자로 해서 우에몬타이후에게 보내셔서 일전의 세 가지 물음도 옮겨 적어 보내었다. 이에 우에몬노타이후가

"미토 공의 뜻대로 행하겠습니다. 내일 오쿠보(大久保) 가가(加賀)[47]

46 미즈노 우에몬노타이후(水野右衛門大夫, 1641~1692) : 미즈노 다다하루(水野忠春). 에도 시대 전기의 다이묘(大名). 미카와국(三河國) 오카자기번(岡崎藩)의 2대 번주. 관위는 종오위하(從五位下), 우에몬타이후(右衛門大夫).

47 가가(加賀) : 현재 이시카와현(石川縣) 남서부. 에도 시대에는 성하마을(城下町)로 견

태수[48]에게 전해서 조선인이 그쪽으로 가지 않도록 하겠습니다."라고 답변하였다.

8일, 아침에 주군이 모미지야마(紅葉山)[49]에 행차하시어 미즈노 우에몬노타이후와 만나서 어제 밤의 일을 말씀하시니 우에몬노타이후가 말씀하시기를,

"삼사가 보낸 사자가 또 댁을 방문하는 것을 사양해서는 안 된다고 생각했습니다. 그러나 어제 밤 분부하신 대로 상판사가 가는 것을 만류해 달라고 쓰시마 태수로부터 전갈이 있었습니다. 그래서 삼사의 서기가 두 번 방문하는 것을 만류했습니다." 하였다.

같은 날, 시게쓰를 조선인에게 보내시어 여러 가지 질문을 하시고, 신파치는 도모카즈에게 보내시었다.

같은 날 밤, 삼사가 쓰시마 태수의 가로(家老)[50]인 히라타 하야토(平田隼人)를 통하여 답서를 증정하였다. 하야토가 답변을 가지고 왔으나 백은은 갖고 오지 않았다.

직물과 도기, 칠기 등이 발달했다.

48 오쿠보(大久保) 가가(加賀) 태수 : 오쿠보 다다토모(大久保忠朝, 1632~1712). 에도 전기의 다이묘(大名).

49 모미지야마(紅葉山) : 〈주 5〉의 니시노마루(西の丸)에 있는 작은 산.

50 가로(家老) : 에도 시대, 번주를 도와서 번정(藩政)을 행하는 중신. 복수이며 합의윤번제에 의해서 행사되었다.

쓰시마 태수가 말씀하신 것을 옮겨 적음

조선인에게 서간과 백은을 주신 것에 대해서 (조선인이 직접) 답장을 가지고 가서 전하고 싶다고 하였습니다만, 사양하심에 따라서 가신에게 갖고 가서 전해드리게 했습니다. 조선인이 서신의 답장을 외람되지만 (직접) 전해드리고 싶다고 하였으나, 어제 사자를 통해서 사양하신 것을 잘 알고 있기 때문에 다망한 중에 있는 조선인이 직접 드릴 필요는 없다고 만류하였습니다.

그러나 의외로 뜻이 강하여 꼭 조선인이 (직접) 답장을 드리고 싶다고 하니, 아랫사람이 안에까지 들어가 권하지는 못하였습니다. 그래서 어쩌지도 못하고 있다가, 미즈노 우에몬노타이후에게 여쭈었습니다. 우에몬노타이후도 몇 번이나 사절을 보내어 조선인이 (직접) 드릴 필요 없다고 하셨다는 것은 우에몬노타이후가 말씀하셔서 알고 있습니다.

삼사가 말씀하시기를, 정성스러운 서간을 주셨기 때문에 쓰시마 태수의 가신을 통해서는 답서를 올릴 수 없다고 하였습니다. 그러나 (미토 공께서) 미즈노 우에몬노타이후에게 오늘 (방문을) 거절하셨다고 하니, 이에 멈추었습니다.

사자가 말하기를,

“일전에 홋타(堀田) 지쿠젠(筑前)[51] 태수[52]를 사자로 해서 백은을 하사하셨지만 이를 받을 수가 없다고 하니, 로주까지 나서서 말씀드리

51 지쿠젠(筑前) : 현재 후쿠오카현(福岡縣) 북부.

52 홋타(堀田) 지쿠젠(筑前) 태수 : 홋타 마사토시(堀田正俊, 1634~1684). 에도 전기의 다이묘(大名).

기를, 전년에도 받아주신 예도 있고 하니 받아주시기를 바란다고 하셨기 때문에 이를 수령하습니다." 하였습니다. 그렇다면, 미토 공이 주신 백은도 받아주시기를 청하자, 이를 수령하겠다고 하였습니다. 그러나 답장에는 반납하겠다고 쓰고 싶다고 하는 뜻을 밝히었습니다. 이상은 사자가 말하여 전하였습니다.

조선국 통신 정사 윤지완이 일본국 참의(參議) 종삼위(從三位) 겸 우코노에(右近衛)의 곤추조(權中將) 미토후(水戶侯) 미나모토 공(源公) 합하께 삼가 답서를 올립니다.

일전에 아의(雅儀)를 대하고 진심으로 깊이 경모하였습니다. 그러나 조정의 공식적인 모임이 개인적인 말을 말하는 자리가 아니기 때문에 끝내 마음에 있는 말을 한 마디(一言半辭)도 하지 못하였으니, 지금까지도 안타까워 잊지 못하고 있습니다. 뜻하지 않게 훌륭한 서간을 받으매, 보내신 뜻이 근지하여 정성이 있는 바가 서로 같다는 것을 비로소 알았습니다. 그래서 생각건대, 합하께서는 명덕(明德)[53]과 무친(茂親)으로 새로운 교화(教化)를 도우셔서, 대군(大君)[54]이 화목을 닦고자 하는 뜻을 우러러 본받고 이 마음을 높이 받들어 저까지 돌보시니, 서로 사랑하고 존경하는 마음이 말씀의 표현에 흘러넘칩니다. 편지를 재차 삼차 다시 읽고 깊은 감명을 받았습니다. 단지 마음에 불안한 것

53 명덕(明德) : 밝고 인도(人道)에 맞는 행동.

54 대군(大君) : 쇼군.

이 있으니, 제가 생각하기에는, 이 의장(儀狀)이 붙이는 백금[55] 3백 량은 명목은 노자를 보내신 것이지만 실제로는 재화와 보배에 관련됩니다. 옛사람이 재화로 예물을 드린 적이 아직 없습니다. 아마도 이를 받은 자는 돈을 받았다고 하는 혐오감을 면할 수 없기 때문입니다만, 이를 준 자도 역시 사람으로 하여금 마음을 편안하게 하는 방법이 아니기 때문입니다. 합하께서 글 속에서 '교제', '서로 보답한다(相報)'는 등의 말에 집착해 이를 논하셨으니, 저에게도 마땅히 사양할 이유는 없습니다. 합하께서 또 말씀하시기를, '예부터 있던 일이고 하니 굳이 방해될 것이 없다.' 하셨습니다. 그러나 이는 단지 상식을 따르고 잘못된 일을 따르는 것일 뿐입니다. 합하께서는 그러시면 안 될 것입니다. 살펴보건대, 합하께서는 예로서 스스로 행하시어 서간과 예식의 미미한 부분에 이르기까지 예에서 나오지 않은 것이 하나도 없으니, 실로 예를 좋아하는 군자십니다. 지금 예를 좋아하는 군자를 만나서 만약 서로 예로 노력하지 않는다면 서로 마음을 알아주는 도리를 귀하게 여기는 도가 어디에 있겠습니까! 이에 역관을 보내서 보내주신 백금을 봉하여 삼가 돌려드립니다. 다만, 합하께서 이 마음을 헤아리시어 거두어 주시고 이 때문에 노여워하시거나 이상하게 여기지 않으신다면, 합하께서 예로 저희를 대우해 주신 것이 어찌 세속에서 많은 예물을 주고받는 것에 비길 수 있겠습니까! 저희가 돌아간 후에 소식을 이어갈 방법이 없으므로, 편지를 쓰면서 마음이 창연해져 무슨 말씀을 드려야 할지 모르겠습니다. 바라옵건대, 도리에 맞지 않는 말을 살펴

55 미토 공이 삼사에게 하사한 것은 백은이었는데 삼사의 편지에는 백금으로 되어 있다.

주옵소서. 삼가 올립니다.

임술 9월 초7일
윤지완 머리를 조아립니다.

조선국 통신사 부사 이언강[56]이 일본국 참의(參議) 종삼위(從三位) 겸 우코노에(右近衛)의 곤추조(權中將) 미토후(水戸侯) 미나모토공(源公) 합하께 삼가 답서를 올립니다.

선린우호(善隣友好)가 대대로 두텁고 사신이 서로 왕래하는 예의가 있어서 저와 같은 사람이 감사하게도 사신의 행렬에 끼어 귀국의 의식과 문물이 성대한 것을 볼 수 있었으니 얼마나 행운입니까! 일전에 조정의 모임에서 잠시 청고한 의범에 접하면서, 조정의 예가 엄숙하여 감히 개인적인 말을 나눌 수 없었습니다만, 이미 하간(河間)의 규정을 보고 심취되었습니다. 뜻밖에도 이번에 훌륭한 서간을 받았으니, 성의가 참답고 성실하며 소인을 높여주심이 매우 지극하였습니다(過隆). 손을 씻고 펼쳐보니, 마치 향기가 좋은 방에 들어가 합하의 얼굴을 뵙고 즐거운 만남을 펼치는 것과 같이 기뻤습니다. 생각해보니, 제가 어떻게 이를 얻을 수 있겠습니까! 합하에 의한 것입니다. 다만, 폐백으로 어린 양과 기러기를 사용하는 것은 본래 경대부(卿大夫)[57]의 제

56 이언강(李彦綱, 1648~1716) : 호는 노호(鷺湖), 본관은 전주(全州), 자는 계심(季心), 시호는 정효(貞孝)이다.

도이며, 명주와 모시(縞紵)를 서로 주고받는 것은 옛사람도 역시 이를 행하는 자가 있었는데, 재화를 주고 이를 취하는 것은 군자가 크게 부끄러워해야 할 바입니다. 이를 받은 자는 청렴함이 해를 입을 뿐만 아니라 또한 아마도 사람을 덕으로 사랑함에 있어서 해가 되기 때문입니다. 그러므로 백금 3백 량을 선물로 보내신 것을 감히 받아두지 않고 봉을 마쳐서 삼가 돌려드립니다. 생각건대, 합하께서도 틀림없이 이 마음을 헤아려 그 죄를 용서하실 것입니다.

맡은 바 소임을 이미 마치고 돌아갈 날만 남았는데, 산천이 아득히 광활하고 훗날 다시 만날 기약이 없기에 편지를 쓰면서 창망한 마음을 견딜 수 없습니다. 바라옵건대, 널리 살펴주소서.

임술 9월 8일

이언강 머리를 조아립니다.

조선국 통신 종사관 박경후[58]가 일본국 참의(參議) 종삼위(從三位) 겸 우코노에(右近衛)의 곤추조(權中將) 미토후(水戶侯) 미나모토공(源公) 합하께 삼가 답서를 올립니다.

일전에 연석에서 배알하고 모범을 보았으나 조정의 범절에 규제가 있어서 향모하는 마음을 피력하지 못하여 안타깝고 불안하였는데, 뜻

57 경대부(卿大夫) : 경(卿)과 대부(大夫). 정치를 직접 담당하는 고위 벼슬아치.

58 박경후(朴慶後, 1644~1706) : 호는 죽암(竹菴), 본관은 함양(咸陽), 자는 휴경(休卿)이다.

밖에 여기에 귀한 서간을 받았습니다. 편지의 뜻이 이미 정성스럽고 그에 따라서 의장 수가 많은 것을 보니, 합하께서 옛사람이 떠나는 자에게 반드시 예물을 주는 예를 행했던 것을 폐하지 않으시려는 것을 보았고, 또한 대군이 이웃나라 사신을 접대하는 마음을 (합하께서) 우러러 본받으려는 것을 알 수 있었습니다. 감격하고 있으니 감사하는 마음을 어찌 그만둘 수 있겠습니까! 다만, 재산을 늘리는 것은 육가(陸賈)[59]가 꾸짖었고 근거 없이 돈을 받는 것을 맹자도 경계하였습니다. 지금 여기에 하사를 받은 것이 비록 구례(舊例)라고 하셨지만 돈으로 예물을 삼는 것은 실은 고례(古禮)가 아닙니다. 구태여 보편을 따라 잘못된 것을 답습하여서 옛 도리를 어기고 예를 무시하여 재물을 취한다는 비난을 스스로 불러들일 필요가 있겠습니까! 합하께서 예를 행하는 마음이면서도 근거 없이 돈을 주고받음에 대한 경계를 범하시어, 우리로 하여금 염치의 도를 잊고 재물을 취한다는 비난을 받게 하신다면, 어찌 주지 않고 받지 않는 직분에 어그러짐이 없고, 결국 은혜를 해치고 염치를 상하는 혐오를 면할 수 없겠습니까! 서로 주고받음에 있어서 받고 사양할 줄 아는 절도가 깨우치는 것이 작은 것이 아님을 합하께서는 아실 것입니다. 바라옵건대, 저희의 진심을 헤아려주시고 성스러운 아량을 크게 하셔서 돌려드리는 의장을 받아주시면 교여에 있어서 진실로 득이 있으니, 받고 사양하는 절도에 있어서 부끄럼

59 육가(陸賈) : 중국 전한의 학자·정치가(?~?). 초나라 사람으로, 고조를 섬겨 태중대부(太中大夫)가 되고, 여씨(呂氏)의 난에 유씨(劉氏)를 도와 한나라 왕실을 지켰다. 저서로 『신어(新語)』, 『초한춘추(楚漢春秋)』가 있다. 『몽구(蒙求)』에 「육가분낭(陸賈分囊)」이 있는데 천금의 유산을 5자녀에게 유증(遺贈)하는 이야기이다.

이 없게 하소서.

사신의 임무가 이미 끝나고 돌아갈 날 또한 이미 다다르매, 한 번 넓은 바다를 건너면 기두(箕斗)[60]가 떨어지게 될 것입니다만, (합하의) 기개와 도량을 우러러 생각하고 문득 매우 서운할 것입니다. 도리에 맞지 않는 것을 살펴주옵소서.

임술 9월 7일

박경후 머리를 조아립니다.

9일, 시게쓰를 조선인에게 보내시고, 신파치를 도모카즈에게 보내시었다. 도모카즈가 말하기를, "학사 성완이 자신의 시의 초고『해객계묵(海客契墨)』1권과『발해선인지고(渤海鮮人之稿)』1권을 주군께 보내어 읽어주셨으면 합니다." 하였다.

이에 신파치가 말하기를, "주군께 보여드리는 것이 어떠하겠습니까? 우선 제가 빌려서 한번 읽어야겠습니다." 하고 이를 가져와서 한번 읽으신 다음, 기노시타 준안(木下順庵)[61]에게까지 보내고 나서 도모카즈

60 기두(箕斗) : 28수(二十八宿)의 하나인 기성(箕星)과 두성(斗星).

61 기노시타 준안(木下順庵, 1621~1699) : 에도 시대 전기의 유학자. 교토 출신. 마쓰나가 샤쿠고(松永尺五)에게서 유학을 배우고, 가가국(加賀國) 가나자와(金澤) 번주인 마에다 도시쓰네(前田利常)를 섬겼다. 그 후 1682년 막부의 유관(儒官)이 되어 5대 쇼군인 도쿠가와 쓰나요시(德川綱吉)의 시강(侍講)을 맡았다. 그 사이에『무덕대성기(武德大成記)』을 비롯한 막부의 편찬사업을 맡았으며 하야시 호코(林鳳岡) 등 하야시문(林門)의 유가들과도 교류했다. 주자학에 기본을 두었지만 고학(古學)에도 경도하였다. 교육자로서도 잘 알려져 있다.

에게 돌려주었다.

같은 날, 하타 한자에몬(羽太半左衛門)을 사자로 해서 삼사에게 연명(連名)[62]으로 답장 한 통을 보내셨다. 히라타 하야토에게 어제 밤의 편지가 두 번째 편지이기 때문에 주선하여 전달해 달라고 말씀하셨다. 삼사가 사자를 통해서 시와 세 사람의 날인이 함께 들어 있는 재답신을 가지고 와서 백은을 수령하겠다는 예를 말씀드렸다.

답장을 옮겨 적음.

조선국 통신삼사 합하께 답장을 드립니다.

황송하게도 답장을 받고 3,4차례 이를 읽었습니다. 스스로도 모르는 사이에 교리(交梨)[63]를 먹은 듯, 밝은 달이 가슴에 들어온 듯 하고 말씀에 향기가 가득하며 마음이 시원스러웠으나, 칭찬이 매우 과하여 아마도 사람을 사랑하는 도리가 아닌 것 같았습니다. 하물며 제가 글재주가 부족하여 공수반(公輸班)의 집 앞에서 도끼[64]를 다루는 것 같았으니 실로 부끄러울 따름입니다. 어찌 대가의 모습이라고 할 수 있겠습니까! 일전에 선물한 것은 교제의 의례이며 목이(木李)에 대한 보

62 연명(連名) : 하나의 문서에 두 사람 이상의 이름을 연이어 쓰는 것.

63 교리(交梨) : 신선이 먹는다는 선약의 이름.

64 공수반(公輸班)의 집 앞에서 도끼 : 부우반문(斧于班門)라는 고사를 이른다. 노(魯)의 명공(名工) 공수반(公輸班)의 집 앞에서 함부로 도끼질을 하여 무엇을 만들고자 한다는 말로, 자기의 분수를 모름의 비유한다.

답[65]입니다. 또한 떠나는 사람에게 선물을 하는 법인데, 보잘 것 없는 선물을 봉하여 되돌려 보내셨으니, 그것은 저의 진심을 미처 나타내지 못했기 때문입니까? 아니면 근소한 의례의 마음이 갖추어지지 못했기 때문입니까? 또한 제가 마음속으로 당혹스러웠습니다. 삼사께서 청렴하고 고절하심이 호질(胡質)[66]보다 더하고 육적(陸績)[67]을 능가하니, 변변치 못한 물건이 삼사의 청렴을 상하게 한다는 의혹을 어찌 받아들이겠습니까! 하물며 제가 드린 선물은 남월(南越)[68]의 장식이 아니고, 삼사 또한 유세의 무리(游說之徒)[69]가 아니지 않습니까! 옛사람은 황금으로 다소간의 예물을 삼은 자가 있거늘, 이러한 말이 있다는 것은, 즉 모두가 이를 받고 의를 상한다고 여기지 않았다는 것입니다. 그런즉, 주지 않고 받지 않는 도에 비해서 피차 무슨 해가 있겠습니까! 바라옵건대, 삼사는 저의 진심을 잘 살피시고 넓은 도량을 펼치시어 교제의 보답을 헤아려 주신다면 믿음을 더하고 화목을 닦는 예가 됩니다. 서로 받고 함께 좋아하는 마음이 통하니 천만 다행이라는 것은 의심할 것이 못됩니다. 바라옵건대, 헤아려 이해해 주십사 하는 말씀

---

65 목이(木李)에 대한 보답 : 『시경(詩經)』「위풍(衛風) 모과(木瓜)」에 "나에게 목이(木李)를 던져 주었는데, 나는 경거로 보답한다.[投我以木李 報之以瓊琚]" 한 것에서 비롯된 말로 여기서는 자신의 선물을 낮춘 말이다.

66 호질(胡質, ?~250) : 삼국시대 위(魏)의 무장. 자(字)는 무덕(文德).

67 육적(陸績) : 삼국시대 오(吳)의 오군(吳郡)사람. 자(字)는 공기(公紀). 박학다식하여 천문, 역수에도 능통했다. 저서에 『육씨역해(陸氏易解)』가 있다.

68 남월(南越) : 중국 한(漢)나라 때에, 지금의 광둥 성(廣東省)·광시 성(廣西省)과 베트남 북부 지역에 걸쳐 있던 나라. 여기서는 오랑캐라는 뜻.

69 유세지도(遊說之徒) : 전국(戰國) 때 각국을 두루 돌아다니면서 제후들에게 자신의 정치적인 견해를 선전하며 채택하도록 설득하던 모사(謀士)들.

을 창졸간에 삼사께 드립니다. 불경을 벌하지 마십시오.

중양절

미토후 미나모토 미쓰쿠니 머리를 조아려 절합니다.

이번에도 종이와 받침대 등 여러 가지 양식이 모두 전날과 같았다. 서신이 두 번째의 편지였기 때문에 오른쪽 간의장(柬儀狀)은 없었다.

삼사가 보내온 재답신을 옮겨 적음.

재답신

일전에 외람되이 저희의 생각을 나타내어 들어주시기를 청하여, 우리의 뜻이 불경한 것에서 나오지 않았다는 것을 합하께서 헤아려 주시기를 바랐습니다. 그러나 또한 하루 종일 두려운 마음에 불안하였습니다. 여기에 답신을 주셔서 타이름과 깨우침을 받으니, 권애하는 마음이 자연스럽게 많이 우러나와서 깊이 마음에 새겼습니다. 하물며 종이에 넘치는 아름다운 문구가 읽는 이의 눈을 빛나게 함에랴! 후한 예물은 아직 돌려보내거나 받지 않았습니다. 이 많은 귀중한 하사품이 어찌 그 경중을 일러서 족하겠습니까! 돈으로 신행(贐行)[70]을 하는

70 신행(贐行) : 먼 길을 떠나는 사람에게 시문(詩文)이나 물건을 주는 것. 또는 그 시문이

것은 이미 고사에 있고, 무릇 여러 가지 증여는 감히 사양하지 못합니다. 그러나 합하께 누차 번거롭게 아뢰었듯이, 진실로 합하께서는 몸을 바르게 함에 있어 예로서 하시고 사람을 대함에 있어서 성의로 하십니다. 바라옵건대, 잘못된 예를 답습하지 않음으로써 취여(取與)의 도를 다하여야 할 것입니다. 합하께서는 "스스로의 마음을 아직 나타내지 못했다(芹忱未彰)", "근소한 의례의 마음을 갖추지 못했다(菲儀不備)"는 등의 말씀으로 오히려 스스로 자책하시어 교제의 도리를 다하시니, 이처럼 시종 고사하는 것은 아마도 불경을 범하는 결과를 면할 수 없는 것 같아서 이에 애써서 수령하겠습니다. 옛사람이 이르기를, "은혜에 감격하는 일은 있지만, (훗날 세상에서 이르기를) 공과 지기(知己)의 사이는 아니다"[71]라고 하였는데, 이는 바로 오늘을 위한 말씀입니다. 가을이 깊어가고 날씨가 서서히 차가워지고 있습니다. 부디 나라를 위해서 건강에 유념해 주십시오. 바라옵건대, 적절치 못한 행동이 있다면 양해해 주십시오. 삼가 바칩니다.

임술년 중양
통신 정사 윤지완
통신 부사 이언강
통신 종사 박경후

나 물건.

71 "은혜에 …… 아니다" : 한유(韓愈)의 「상장복야서(上張僕射書)」에 나오는 말로, 여기서는 미토 공과의 친분이 세상 사람들의 평가로는 별 것 아니라고 치부될까 염려된다는 의미로 이른 말이다.

10일, 시게쓰를 보내시다.

11일, 시게쓰를 보내시다. 학사 성완이 신파치에게 전날의 답서를 보냈다. 추파사를 주신 것에 대한 사례가 있었다.

12일, 조선인이 에도를 떠나 가나가와(神奈川)[72]에 머물렀다. 소 쓰시마 태수도 동행하시어 함께 출발하셨다. 쓰시마 태수 가나가와의 역까지 걸으셨다. 비각(飛脚)[73] 사이토 히라노스케(齋藤平助)를 보내시어 쓰시마에서 생산된 견직물 20필과 생선 1종을 삼사에게 보내시었다. 시와 종이 한 상자씩을 보내시었다.

소 쓰시마 태수께 보내는 글

한 마디 말씀드리겠습니다. 이번에 조선인이 내방한 것에 관련하여 에도에 계신 동안에는 여러 가지로 마음을 다해 주셔서 모든 일이 잘 마무리되어 만족하고 있습니다. 우선 무엇보다도 일전에는 성에서 갑자기 지병이 도지셨지만 곧 쾌차하셨다니 다행입니다. 자애(自愛)하시기 바랍니다. 먼 길을 가시는 여행에 몸을 잘 보전하는 데 전념하십시오. 외람되지만, 비각을 보내어 그저 마음의 표시로 저의 지방의 견직물 20필과 생선 1종을 보여드립니다. 실례를 무릅쓰고 삼가 말씀드립니다.

9월 12일

미토 재상

72 가나가와(神奈川) : 요코하마(横浜)시의 옛 지명. '金川'으로도 표기했다. 동해도오십삼차(東海道五十三次)의 하나.

73 비각(飛脚) : 먼 거리를 재게 달려 통신을 전하는 역할을 하던 전령.

삼사에 보낸 편지를 옮겨 적음.

의장을 삼가 갖추었습니다.

송행시 1장

일본종이 7품

말씀드립니다.

이 세 통 모두 누노메 봉서지(布目奉書紙)[74]를 사용하고 외함과 붉은 첨(簽)은 전과 같다.

삼사에게 보내신 시를 옮김.

만 리 길 수고롭게 찾아와	萬里勞來聘
삼한의 옛 맹약을 다지네.	三韓尋舊盟
의관을 보고 모두 놀라워하고	衣冠皆駭矚
초목도 그 이름 아네.	草木亦知名
갑자기 벌써 이별하게 되니	遽爾已臨別
슬픈 것은 정을 다 펴지 못했음일세.	黯然不盡情
고향 사람이 만일 묻거든	鄕人若相問
문물이 태평함을 누리더라 하소.	文物屬昇平

74 누노메 봉서지(布目奉書紙) : 경사와 위사로 짜인 직물의 짜임과 같은 무늬가 있는 종이.

성초가 사신을 태워가지고 오니	星軺持使節
돈독하게 이웃의 우의를 맺었네.	敦好結交隣
갑자기 만나 말은 비록 다르나	邂逅言雖異
은근한 정으로 서로 친해졌네.	慇懃情相親
시를 보내어 이백과 두보를 추앙했는데	寄詩推李杜
헤어지면 오랑캐와 진나라처럼 멀어지겠지.	分袂隔胡秦
오늘 그대 돌아가면	今日君歸去
오랫동안 멀리 작별할 사람 되리.	長爲遠別人

조선과 사귄 지 오래더니	鷄林交際久
명받고 일본에 사신을 왔네.	御命使扶桑
성대한 예의는 다시 얻기 어렵고	盛禮復難得
좋은 인연 항상 있을 수 없네.	良緣不可常
녹음 때에 고향을 떠나	綠陰辭舊里
황국 필 때에 타향에 노닐었네.	黃菊感他鄕
쇠잔한 꿈 깨어 지붕 위 달을 보며[75]	殘夢屋梁月
서로 생각하느라고 얼마나 애를 태울까.	相思幾斷腸

조산(常山) 미나모토 미쓰쿠니 머리를 조아립니다.

75 지붕 위 달을 보며 : 멀리 떨어져 있는 사람을 생각하며 추억에 잠길 때 쓰는 표현. 두보(杜甫)가 이백(李白)을 그리워하며 "지는 달이 지붕을 가득히 비추나니, 그대의 밝은 안색 행여 보는 듯.[落月滿屋梁 猶疑見顔色]"이라고 노래한 구절에서 유래하였다. 『두소릉시집(杜少陵詩集)』 7권 「몽이백(夢李白)」

위의 편지 세 통 모두 흰 비단에 자필 행서로 쓰셨다. 비단의 길이는 4척6촌, 폭은 1척4촌4분이며 도장 3개를 찍고 서두에는 '구름 낀 아침에 멀리 바라보다(雪朝遠望)'라 쓰시고, 말미에는 이름과 자(字)의 도장을 각각 찍은 다음, 비단을 말아서 의장의 봉투에 넣었다. 삼사 각각에게 노송의 흰상자를 보냈다.

선물 상자의 문서
일본지 7품(七品) 세 상자 모두 이와 같다.

비추 단시(備中檀紙)
에치젠 봉서지(越前奉書紙)
에치젠 색지(越前卯色紙) 도리노코가미(鳥ノ子紙)[76]를 말한다.
가가조메가미(加賀染紙)
이즈가쓰라가미(伊豆桂紙) 슈젠사 종이(修禪寺紙)[77]를 말한다.
미노무기가미(美濃武儀紙) 미노 소지가미(美濃障子紙)를 말한다. 이 종이가 미노국 무기군에서 나왔기에 붙은 이름이다.
히타치미토가미(常陸水戶紙)

76 도리노코가미(鳥ノ子紙) : 기러기 가죽을 주원료로 한 고급 화지(和紙). 엷은 노란색으로 내구성이 강한 것이 특징이다.

77 슈젠사 종이(修禪寺紙) : 이즈(伊豆)의 슈젠사 마을(修善寺村)을 중심으로 생산된 종이로 얇은 적색에 가로줄이 있는 고급품. 17세기 초 선교사들에 의해서 제작된 『닛포 사전(日葡辭書)』에도 나오기 때문에 중세에는 상당히 널리 알려져 있었던 것으로 평가된다.

14일, 사이토 히라노스케가 돌아왔다. 삼사가 크게 기뻐하며 화답을 드리고 또한 반례로 각각 몇 점씩 드렸다. 히라노스케에게도 부채와 붓, 묵을 선물하여 노고를 위로했다.

송별의 운을 이어서 미토 후 조산 미나모토 공께 받들어 드립니다.

약소한 예물로 와서 경하하니,	薄儀來賀慶
큰 믿음으로 어찌 맹약을 말하랴.	大信豈申盟
부상에 들어오기 전에	未入扶桑界
먼저 미토의 이름을 들었네.	先聞水戶名
주선으로 의범을 우러르고	周旋仰懿範
곡진히 배려하니 깊은 정에 감사하네.	委曲荷深情
이별에 임해 여전히 서로 노력하니	臨別仍相勉
다만 태평을 기리리.	但宜贊太平

동산 윤지완 머리를 조아립니다.

일본국 미토 후 미나모토 공의 증별 시운에 차운합니다.

해외에서 지기를 만나니,	海外逢知己
하늘가가 바로 이웃일세.	天涯卽比隣
한 마디에 손을 잡은 땅에서	一言携手地

우연히 만나 친근하게 마음을 허락하네.	傾蓋許心親
사절이 비로소 월나라를 떠나는데	使節初辭粵
돌아가는 길, 멀리 진나라를 향하네.	歸程遠向秦
새 시에 못 다한 마음이 있으나	新詩有餘意
백리 길이 행인을 부르네.	百里問行人

통신 부사 이언강 배고

송별운에 이어서 일본국 미토 후 미나모토 공의 사안에 받들어 드립니다.

사절이 배 그림자를 감추매	使節隱槎影
와서 해 돋은 뽕나무[78]를 보았네.	來觀日出桑
하간에 융숭한 예를 받으니	河間承好禮
교제에 예사롭지 않은 정을 입었네.	交際荷非常
이별의 마음을 새 시에 맡기매	別意投新句
귀정이 고향을 가리키네.	歸程指故鄕
음성과 모습이 이제부터 멀어지니	音容從此隔
어찌 속이 타지 않으랴.	安得不回腸

통신 종사관 죽암 박경후 배고(拜藁)

78 해 돋은 뽕나무 : 부상(扶桑)을 말한다. 부상은 중국 고대 신화에서 동해(東海)에 있다고 하는 신목(神木)으로, 여기에서 해가 뜬다고 한다. 이 시에서는 일본을 함께 의미한다.

근구(謹具)

봉화시(奉和詩) 1장

용편(龍鞭) 황모필(黃毛筆) 20자루

대절(大折) 유매묵(油煤墨) 10홀

도화지(桃花紙) 3권

청람지(青藍紙) 3권

운화지(雲花紙) 4권

국화지(黃菊紙) 5권

받들어 감사를 말씀드립니다.

조선국 통신 정사 윤지완 돈수배

의장(儀狀)

근구(謹具)

봉화시(奉和詩) 1장

각색지(各色紙) 15권

대소묵(大小墨) 20홀

각색필(各色筆) 20자루

받들어 감사를 말씀드립니다.

조선국 통신 부사 이언강 돈수배

근구(謹具)

봉화시(奉和詩) 1장

도화지(桃花紙) 2권

국화지(黃菊紙) 3권

운암지(雲暗紙) 2권

청화지(靑花紙) 2권

황모필(黃毛筆) 20자루

대절(大折) 유매묵(油煤墨) 10홀

중절(中折) 주금묵(酒金墨) 10홀

청심원(淸心元) 20환

소합원(蘇合元) 20환

받들어 감사를 말씀드립니다.

조선국 통신 종사관 박경후 돈수배

水戸公朝鮮人贈答集

八月

二一日、朝鮮人到着江戸。

二二日、朝鮮人三使江上使有之。

二七日、朝鮮人登城拝礼。殿様より魚鳥草木等之事、中村新八・指月を以、朝鮮人江御質問被成度思召候間、其許より案内被申越候様ニと、林春常江被仰遣之。

二八日、朝鮮人西御丸拝礼。林春常より宗對馬守殿家來小山朝三・內藤左京亮殿家來大高坂清助兩人江書狀指添。新八・指月兩人江魚鳥草木等も櫃二ニ入被遣、小山朝三出合取持學士成琬・醫官鄭斗俊逢申候。鄭斗俊ハ不存候而一言も不答、成琬ニ魚鳥之分尋。

二九日、小山朝三ニ昨日御用之儀取持申ニ付袷被下。新八より書狀指添遣申之候。

今日、指月を朝鮮人方江被遣、國字等之事相尋。

九月

朔日、新八・指月兩人朝鮮人方江被遣、草木品々持參成琬江相尋。朝三出合申候ハ宰相樣御用之よし、對馬守も承及隨分取持候樣ニと申付候、其上對馬之町人ニ朝鮮之通辭仕候、加勢五右衛門と申者をも對馬殿より被申付由ニ而出合取持。今日、新八·指月自分之持參分ニて和紙三束宛成琬江被下之。

二日、指月を被遣學士成琬其外金指南と申朝鮮人江品々相尋。

三日、三使より上々官三人を爲使者殿樣江青物差上。

目錄

奉呈水戸公閣下
鷹子壹連 人蔘壹斤 虎皮貳張 白照布伍匹 芙蓉香貳拾本 黄毛筆貳拾本 眞墨貳拾笏
際
壬戌九月日 通信使 麟叔

今日、朝三より新八江書狀を以三使之內願被申候、殿樣御文庫之內ニ『黃勉齋集』御座候を物借仕度之由申來、御所持無之故、不被遣候。新八指月草木を爲持騾馬を爲牽被遣候處、成琬障入之由ニ而不逢騾馬を、鄭斗俊·劉以寬·鄭文秀其外近習ニ罷在候朝鮮人ニ爲見。朝三逢品々御用之事共相尋。今日、加勢五右衛門江銀子壹枚被下之。

四日、殿樣御意ニ而新八より小簡を添、學士成琬江絹縮三端紅黃白被下、三端を紙袋ニ包上、書ニ皺波紗三端と被遊被遣之。

新八指月草木等之事品々成琬江相尋。朝三五右衛門出合取持、新八自分之青物分ニ而扇子壹箱二十柄、指月自分之青物分ニ而煙草壹箱三種幷煙筒五管成琬ニ被下之。昨日、三使より殿樣江指上申青物目錄書面禮ニ不叶ニより、三ヶ條之御疑問を御書被遊。

今日、新八ニ爲持被遣、新八是を學士成琬ニ示、成琬披見同僚之學士李聃齡江も示し、兩人共ニ暫思案し體、何共答言なく、通辭五右衛門を以申、是ハ上々官上判事之掌事ニ候、我等返答へ不斷仕候由、新八申候ハ、左候ハ此間其方ニ被留置、上々官上判事江も相讀有之、三使江も相達とくと返事承度被申候得ハ、通辭五右衛門、是ハ事重と存候哉。ケ樣之儀ハ、朝三を以申候樣ニとて申通ル事を辭退す。それにより朝三江其段申含右之御疑問を授く。

御疑問の寫

> 問
>
> 一, 昨日三使所贈我相公之土宜, 唯錄品數, 不具姓名.
>
> 一, 楮尾押一印, 稱三使所贈.
>
> 一, 見印文二字, 疑是尹公之字乎? 古人於交際, 自稱名不稱字以爲通式.
>
> 右三件竊有所疑蓋貴國之法乎, 願聞之.

右之御疑問之中、土宜之二字、初ハ方物と被遊候處ニ、朝三より指月ニ被申越候ハ、方物之二字先年も御老中より之書簡ニ有之所、朝鮮人言之外無興仕、書簡を請申間鋪とて事六ヶ鋪御座候處、又日本より被遣候靑物をも方物を送と有之により、朝鮮人合点仕、事濟申候由ニ而候。ケ樣之事ニ候間、三ヶ條之御返答ハ不■仕、却而方物之字之事可申出歟と奉存由。依之此方より新八ニ被仰遣ハ、方物之字、『書経』「旅獒」之文ニ而、其外國より中朝江之貢物ニ而候得共、方物二字之意ハ、それに限り不申、國々之土物贈酬互ニ方物と用事如何程可有之候。是を論じ候得ハ申樣何分も可有之候。乍然是ハ此方御疑問之御本意ニ而無之候。三ヶ條さへ返事被申候得ハ能候

間、朝鮮人嫌被申字也有之候ハ、御改可被成候由、別方物之二字土宜と御書文被遊被遣之。

五日、大樹公朝鮮人之藝馬御覽。

今日、指月被遣品々相尋。

六日、朝鮮人江上使有之、御暇被下之。朝三此間御用之儀種々取持申ニ付、新八爲御使白銀拾枚被下之。

今日、指月・新八・今井小四郎三人江草木等を爲持被遣候處ニ、成琬ハ障入ニ而不出逢、金指南ニ逢御用少相尋申候。朝三ニ新八逢候而、三問之答如何と尋申候處、朝三申候ハ、上々官上判事江見せ申候處ニ、皆々こまり申候、三使江不相達候ハてハ、中々御返答可仕事ニ無御座之由。新八申候ハ、先日申候通成程三使江相達候ハ此方本意ニ被存候間、兎角返答承度存候、御自分若遠慮も候ハヽ、對馬守殿江御問候而成とも、相達候様ニと申候處ニ、朝三申候ハ、よく合点仕候、成程三使江相達御返答被申上候様ニ可仕候。左候ハヽ、名付無之候ハ、誰之持參哉讀不分明、取次申も如何候間、名を書のせ候様ニと申候故、右之御問ニ新八姓名を書加相渡し、朝三御疑問を三使江達水戸公より使者を以御尋被成儀ニ候間、急度御返答可有之由申入候得ハ殊外こまり申候由。

今日暮方、佐野藤右衛門・吉弘左助兩人爲御使者三使江有御書簡并銀子被遣之。內藤左京亮殿家來佐々三郎右衛門殿取次ニ而宗對馬守殿家老大浦君左衛門出合上々官同知朴再興を呼出御書簡白銀爲請取申候。良久に而忠左衛・朴再興罷出、三使候ハ御念頃ニ御使拜御書簡并白銀被下之忝奉存候。御心入不淺儀ニ御座候。只今取紛申候間、明日此方より御返事可申上之由。右之返事ニ而藤右衛門左助ハ罷歸候。

御書簡之寫

奉朝鮮國通政大夫吏曹參議知製教東山尹君使臺書

嘗聞, 錫疇叙倫, 垂之洪範, 繼好親仁, 謂之『禮經』. 貴國密通本朝, 振古抵今, 講信修睦, 而不渝盟倍約. 意其, 檀君之闢基千古荒昧, 箕子之遺風百世廣謂覃方今. 使臺當持節之任, 受專對之命, 山水之遙備嘗險艱, 堠亭之長, 不爲無勞. 曩者始覩懿範, 極增愉快, 然朝堂初筵, 未飽玄論. 唯憾萍水一遇, 艱於繼見. 玆辱嘉貺多儀, 感佩有餘, 愧罔瓊琚之報. 然敢無交際之羞, 乃具不腆如別幅. 伏冀, 亮炤不宜.

奉朝鮮國通訓大夫弘文館典翰知製教鷺湖李君使臺書

鬱然紫氣, 望異人之過, 炳焉星輝, 占賢者之聚, 天壤之間, 物皆有感, 人誠然矣. 嚮旗旄到都, 衆咸謂黃星縫雲神龍朱草之觀也. 屬者在朝堂, 一挹淸塵. 禮典有則, 豈敢攄鄙悃, 而其藹然和氣, 粹然詞容是知. 弸乎中者, 必彪乎外宜矣, 觀者驚愕以爲異也. 夫遐方君子, 啣命握節, 有至於斯, 誠厚幸也. 只恨不能聞玄譚奇論而爲請著五千文字. 館舍咫尺, 不能邂逅諸君子把觴歌四牡, 亦爲快已. 承惠土宜若干, 無任良荷之至, 謹裁尺一, 宜寄衷素, 幷致菲儀. 聊答來意, 豈無媿瓊瑤. 永靡相忘也. 旋旆在通, 時維高秋, 戒謹霜露.

奉朝鮮國通訓大夫弘文館校理知製教竹菴朴君書

夫使於四方, 遂桑弧之初心, 貌榮名于他邦, 實士君子之所希也. 臺下奉命, 不遑寧處, 駟騎載驅, 衝雞林之梅雨, 星槎遠泛泊馬島之荻風. 積水之環九州, 煙濤難濟, 征衣之, 亘三季, 寒暑旣易. 匪躬鞅掌之勞爲何如哉? 將幣之日, 幸瞻手采, 玉山瓊樹使人恍然心醉. 公庭之儀, 禮文有制, 恨不能飫叙區區. 嚮辱貺貴國土實, 喜荷交併. 爰陳芹儀如狀. 廻軫不日, 把袂無由, 參商之別, 不堪瞻望之至. 萬祈亮鑑.

九月六日

參議從三位兼行右近衛中將 水戸侯源光圀再拜首頓

右之御書簡擡頭。書式ハ不及申、折方高横、萬事ニ至迄委細、明朝之書簡之法御吟味被遊。三通共ニ各右柬儀狀副啓相具り、何も大高檀紙を御用。內函ハ薄様紙、外函ハ大奉書紙、紅簽ハ何も皆加賀臙脂入、奉書紙ニ包、三使江銘々ニ檜之白木台ニ載之。白銀三箱一箱ニ三百兩、各箱之上ニ白銀三貫目と書付有之。三つにて九貫目下。先例ハ三使江一取銀子貳百枚被遣候處、今度別ニ御書簡を以被遣候故、如斯也。

七日、三使以下不殘宗對馬守宅ニ而燕饗有之。

今日も指月被遣品々相尋。御尋相達御返事被仕候様ニと申入候處、昨夜殿様より御書簡被下候、其御報ニ礼をかつ可申上候、御問之答ハ得申上間敷之由ニ而候、前規因循之誤と存候由ニ、奉存候誤用之段是非爲書申候も如何と存候、至極御尤成御問ニ而、以後通信之礼弊も改り可申上候、珍重奉存候、昨夜之御書簡御文章三使殊外驚嘆称美仕候由。

今日、三使より上判事三人を爲使者殿様江、昨夜返簡を爲持指上、慇懃之礼を盡し白銀をも辭退詳見返簡仕、且は三問之御返答も不罷成候間、左様之謝をも含可申上とて、對馬守殿江其段申入候處、對馬守殿先暫とておさへ置。此度朝鮮之儀之御用奉行なるにより水

野右衛門大夫殿江同上判事三人來ル筈ニ相究候段、殿樣御聞傳被遊、朝鮮人此方へ斗兩度來候儀、御遠慮江被思召候間、無用被致候樣ニ對馬守殿江被仰遣候處ニ、對馬守殿より最早右衛門大夫殿江申入候儀ニ候間、殿樣より右衛門大夫殿江被仰遣御留被遊之旨申來候故、夜中赤林半右衛門爲御使右衛門大夫殿へ被遣此中之三問をも爲御寫被遣候處、右衛門大夫殿御意之通相心得奉存候、明日大久保加賀守方へ申達朝鮮人其許江不被參候樣ニ可申付候之由、御返事申來。

八日朝、殿樣紅葉山へ供奉被遊候付、水野右衛門大夫殿ニ御逢被遊、昨夜之儀被仰出之所、右衛門大夫殿被申候ハ、三使より之使者又御屋鋪江參候儀、御遠慮ニ及申間敷儀奉存候。乍然昨夜被仰下にまかせ上判事參儀相留申候樣、宗對馬守より遣候由、依之三使之史再來を止。

今日、指月朝鮮人江被遣品々相尋、新八ハ朝三方へ被遣。

今夜、三使より對馬守殿家老平田隼人を賴呈返簡。隼人返簡を持參白銀不持參や。

對馬守殿より口上之覺

朝鮮人江御書簡幷白銀被遣候付、御返簡指上被申候間、任御斷家來江爲持差上申候。三使より御書簡之御返翰乍憚朝鮮人差上被申度之由被申候所、昨日御使を以御斷被仰下承知仕候、御事多御中、朝鮮人差上候儀無用ニ仕候樣ニと相留申候得共、殊之外堅ク御座候由、是非朝鮮人ニ御返翰指上申度と被申候故、御用人中迄窺不申候得ハ、不罷成候由申聞候而、右之段水野右衛門大夫殿江相伺申候、

右衛門大夫殿も度々御使被遣、朝鮮人差上候儀無用ニ仕候様ニと被仰遣候段、右衛門大夫殿より被申聞承知仕候。三使被申候ハ、御懇意之御書簡被下候間、對馬守殿家來を以ハ御返簡指上申間敷由被申候、然所水野右衛門大夫殿へ今日御斷被仰遣候故、相留申候。使者物語申候ハ、先頃爲上使堀田筑前守殿を以、白銀被仰下之所、拝領被申間敷候、御老中迄被申上候處、先年も拝領被致候例も御座候、匆々拝納被申候様ニと御老中より被仰聞候間、拝被仕候。右之返ニ候得ハ、殿様より被遣候白銀も愈納被申候様ニ被仰遣ハ、納可申く奉存候。御返翰ニは、返納被申との由被申入候付。右使者物語被申聞候。

朝鮮國通信正使尹趾完謹奉覆書于日本國參議從三位兼行右近衛權中將水戸侯源公閤下

日者奉對雅儀, 寔深傾慕. 而公朝之會, 非私語之所, 終無一言半辭少抒衷曲, 迄今耿耿不忘. 不意辱賜華翰, 寄意勤摯, 迺知誠之所在彼此同然. 仍念, 閤下以明德茂親, 協贊新化, 仰體貴大君修睦之義, 推此心, 而眷眷於不佞, 其相愛相敬之意溢於辭表. 圭復再三, 感荷千萬. 第有所一段不安於心者, 顧此儀狀, 所附白金三百兩, 名雖餽贐, 實係貨寶. 古之人未有以金爲幣者. 蓋由受之者, 不免貨取之嫌, 而與之者, 亦非使人安心之道故也. 閤下書中, 有交際相報等語, 執此論之, 於不佞宜無可辭. 閤下又必曰, 自有已事, 固無所妨. 而此特循常之言, 襲謬之事耳. 在閤下則不然矣. 竊觀, 閤下以禮自將, 至於簡牘儀式之微, 無不一出於禮, 眞好禮之君子. 今遇好禮之君子, 若不以禮相勉, 則烏在乎貴相知心之道!. 玆遣舌官, 謹將送惠白金, 全封還呈.

惟閤下諒此區區之意收納, 而不爲之嗔怪, 則閤下所以禮待不佞者, 豈世俗厚幣相贈之比也! 回轅之後, 嗣音無階, 臨書悵然, 不知所云. 伏希崇照不宜, 謹狀.

壬戌九月初七日
尹趾完頓首

朝鮮國通信副使李彦綱謹奉復于日本國參議從三位兼行右近衛權中將水戶侯源公閤下

鄰好世篤, 修聘有禮, 如不佞者, 亦忝使价之列, 獲覩貴邦儀物之盛, 何其幸哉! 日朝堂之會, 乍接淸範, 雖公朝禮肅, 不敢交私語, 河間典刑, 固已望之, 而心醉矣. 不意玆者, 寵賜華翰, 誠意懇摯, 奬詡過隆. 盥手披翫, 怳如入蘭室接芝眉而展良覿也. 顧不佞何以得此! 於高明也. 第摯用羔雁, 固卿大夫之制, 縞紵相贈, 古人亦有行之者, 而貨而取之, 君子之所深恥也. 不但受之者爲傷廉, 抑恐有傷於愛人以德之義. 故所餽白金三百兩, 玆不敢領留, 謹全封奉還. 竊想高明, 亦必有以諒此心, 而恕其罪也. 使事旣竣, 旋轄有日, 山川夐闊, 後會無期, 臨紙不任悵惘. 伏希崇炤.

壬戌九月初八日
李彦綱頓首

朝鮮國通信從事官朴慶後謹拜復于日本國參議從三位兼行右近衛權中將水戶侯源公閤下

頃陪饗席，獲覩模範，有拘公堂之儀，靡攄嚮慕之忱，追庸戀戀，恒切耿耿，不料玆者，辱賜華翰．辭旨旣眷，副以儀狀數目又多，有以見明公不廢古人行者必贐之儀，　而亦可知明公仰體大君款接隣使之意也．感激于中，鳴謝何已！第惟，槖金營産，陸賈貽誚，無處受餽，孟子有戒．今此所貺，雖曰舊例，以金爲幣，實非古禮．何必循常襲謬違古蔑禮，以自速貨取之刺乎！以閤下禮將之心，而犯無處之戒，使俺等廉恥之道，而有槖金之誚，則得不乖於無與無取之分，而卒不免於傷惠傷廉之嫌乎！交與之際，貴相知心，辭受之節所開不細．幸乞，特諒微衷，亟恢盛量，取還儀狀，俾許仍留，則固有得於交與之際，而庶無愧於辭受之節矣．使事旣完，歸期已屆，一渡溟海，使隔箕斗，瞻想德宇，不覺悵缺．不宜崇照．

壬戌九月初七日

朴慶後頓首在印

九日、指月朝鮮人方江被遣、新八を朝三方江被遣。朝三申候ハ、學士成琬自分之詩之草稿『海客契墨』一冊·『渤海鮮人之稿』一冊殿樣へ入御覽度之候申候由、仍之新八申候ハ、殿樣へ懸御目候儀ハ如何候、先拙者借り一覽可申とて携來、是ハ御一覽之後、木下順庵迄遣し朝三方へ返す。

今日、羽太半左衛門爲使者三使江連名ニ而御復簡一通被遣。平田隼人方江昨夜之御復簡ニ候間、取次相達申候樣ニと被仰遣。三使御使爲詩並三人連判之再復簡を指上、白銀拜領之御禮申上ル。

御復翰之寫

外函之表之書樣

奉復朝鮮國通信三使臺閤下書

辱賜復札, 三四讀之. 不覺交梨在口, 明月入懷, 齒頰馥郁, 胸膈洒落, 而將借甚過, 恐非所以愛人之道焉. 況不佞乏文才, 操斧于斑門, 實不能無恥. 何當大方之觀乎! 前者所贈, 是交際之儀, 而木李之報也. 且有行者以贐之事, 承薄物封還, 顧夫芹忱之心, 未能彰乎? 抑亦非儀之情, 不能備乎? 我竊惑矣. 三使臺閤下清廉高節 過于胡質, 踰于陸績, 不腆微物, 豈容高明傷廉之疑乎哉! 況我贈非南越之裝, 使臺亦非游說之徒乎! 古人有以黃金爲中幣者, 有其辭, 則皆受之, 不以爲傷義. 然則於無與無取之道, 彼此何傷乎! 望請, 三使臺閤下, 克察區區赤心, 擴充萬頃弘度, 以諒交際之報, 則講信修睦之禮成. 相受相好之情通, 千萬幸孔, 勿疑. '伏希炤亮'四字, 倉卒併呈三使臺閤下. 勿罪不敬.

重陽之日

水戶侯源光圀頓首拜

此度も紙幷臺等品々之式皆悉如前日。御書翰御復翰ニ候故、右束ハ無之候。

三使より再復簡之寫

再覆

昨者猥瀝鄙悰, 仰浼崇聽, 謂閤下諒區區之意非出於不恭. 而猶且悚惕日夕不安. 玆承辱覆勉諭諄勤, 深佩眷愛之情出尋常萬萬. 況滿紙琳琅耀人眼目! 重幣未蒙收還又獲. 此寶百朋之賜, 何足以喩其輕重也耶! 贐行以金, 已有故事, 凡諸贈遺, 皆不敢辭. 而獨於閤下縷縷煩稟者, 誠以閤下, 飭躬以禮, 待人以誠. 庶不因循謬例, 以盡取與之道. 來諭至以芹忱未彰非儀不備等語, 反自引咎而責之以交際之義, 如是而終始固辭則恐不免爲不恭之歸, 玆用黽勉拜領. 古人所謂, 感恩則有, 知己則未者, 正爲今日道也. 秋序向闌, 日氣漸冷. 只祝爲國保重. 伏希, 照亮不宜. 謹狀.

壬戌重陽
通信正使尹趾完
通信副使李彦綱
通信從事朴慶後

十日、指月を被遣。

十一日、指月被遣。學士成玩より新八江先日之返簡來ル。皺波紗被下候所との謝礼有之。

十二日、朝鮮人江戸を發し金川ニ宿。宗對馬守殿も同道被發駕依之、對馬守殿金川之驛迄御步行。飛脚齋藤平助を以御國絹貳拾疋御肴一種相添三使江御送行之御詩幷紙一箱宛被遣之。

宗對馬守殿江被遣御書之寫

一筆令啓達候。此度朝鮮人來朝ニ付御在府中ハ色々御心盡ニ而候處、諸事首尾能、御暇被遣、御滿足之段、今察候、先以先頃ハ、於御城俄ニ御持病指發候得共、早速快然之事、珍重存候。遠路旅行御保養專一ニ候。飛脚印迄ニ、在所之絹貳拾疋肴一種、憚少候得共、令進覽候。恐々謹言。

九月十二日　　　　　　　　水戶宰相

宗對馬殿

人々御中

三使江被遣儀狀之寫

儀狀

謹具

送行詩　壹章

日本紙　柒品

奉申

敬　　　御官位御姓名　　頓首拜

此三通共ニ布目奉書紙を御用ひ、外函・紅簽は如前。

三使江被遣御詩之寫

奉送朝鮮國東山尹公使日本國歸

萬里勞來聘，三韓尋奮盟．衣冠皆駭矚，草木亦知名．遽再已臨別，然不盡情．鄉人若相問，文物屬昇平．

奉送朝鮮國鷺湖李公歸本國

星軺持使節, 敦好結交隣. 邂逅言雖異, 慇懃情尙親. 寄詩推梨杜, 分袂隔胡秦. 今日君歸去, 長爲遠別人.

奉送朝鮮國竹菴朴公之歸

鷄林交際久, 御命使扶桑. 盛禮復難得, 良緣不可常. 綠陰辭舊里, 黃菊感他鄕. 殘夢屋梁月, 相思幾斷腸.

常山源光圀頓首

右之通三通共ニ候、同綾ニ御自筆ニ而行書ニ被遊。綾之長共四尺六寸、幅壹尺四寸四分、御印三つ引、首ニハ雲朝遠望、奥ニハ御名御字之兩印、綾を卷ニ而、儀狀之袋之內へ御入、三使江別々ニ檜之白箱有之。

御贈物之箱之書付

日本紙　七品　　三箱共ニ如斯

同入日記之寫

備中檀紙

越前奉書紙

越前卯色紙　　鳥ノ子紙ノ了也

加賀染紙

伊豆桂紙　　修禪寺紙ノ了也

美濃武儀紙　　美濃障子紙ノ了也 此紙美濃國武儀郡ヨリ出ルニヨツテ也

常陸水戶紙

共七品

十四日、齋藤平助歸ル。三使大悅和答を奉り、其上爲返礼銘々ニ數品を指上ル。平助ニも扇子筆墨を贈之勞之。

敬次送別韻奉呈水戶侯常山源公詞案下

薄儀來賀慶, 大信豈申盟. 未入扶桑界, 先聞水戶名. 周旋仰懿範, 委曲荷深情. 臨別내相勉, 但宜贊太平.

東山 尹趾完頓首

敬次日本國水戶侯源公贈別詩韻

海外逢知己, 天涯卽比隣. 一言携手地, 傾蓋許心親. 使節初辭粤, 歸程遠向秦. 新詩有餘意, 百里問行人.

通信副使 李彦綱 拜稿

敬次送別韻奉呈日本國水戶侯源公詞案下

使節隱槎影, 來觀日出桑. 河間承好禮, 交際荷非常. 別意投新句, 歸程指故鄕. 音容從此隔, 安得不回腸.

通信從事官 竹菴 朴慶後 拜藁

謹具
奉和詩一章
龍鞭黃毛筆貳拾柄
大折油煤墨拾笏
桃花紙參卷
青藍紙參卷
雲花紙肆卷
黃菊紙伍卷

奉申謝

朝鮮國通信正使尹趾完頓首拜

儀狀
謹具
奉和詩一章
各色紙拾五卷
大小墨二拾笏
各色筆二拾枝

奉申謝

朝鮮國通信副使李彥綱頓首拜

謹具
奉和詩一章
桃花紙二卷

黃菊紙三卷

雲暗紙二卷

靑花紙二卷

黃毛筆二拾枝

大折油煤墨拾笏

中折酒金墨拾笏

淸心元貳拾丸

蘇合元貳拾丸

奉申謝

朝鮮國通信從事官朴慶後頓首拜

【영인】

水戶公朝鮮人贈答集

八月

廿日 朝鮮人到着江戸

廿二日 朝鮮人三使江 上使有之

廿七日 朝鮮人登城拝礼 殿様御奥為菓木

有之事 中村新八指月を以朝鮮人江御贈問

被遣度思召候旨其許分案内被申越候ニ付 林

春常江被仰越之

廿八日 朝鮮人西浦丸拝禮 林春斎より 宗對馬守殿

殿来 小山朝三 内藤左京亮殿 御出来 大高坂清助

右人江書状指添新八指遣右人江與爲筆來も樣
二三入誌也小山朝三出合所持学士成琬醫官鄭斗俊
等俳鄭斗俊ち不存候ニ付一言蒙ニ答成琬ニ與爲
ニ不及

廿九日小山朝三昨日清聞之儀取持申付裕誌候
新八ニ書状指添遣申候
今日指用右朝鮮人方江誌也明字筆ニ而相尋

九月

朔日新八指用右人朝鮮人方江誌也筆來不申指參

成候ニ相尋朝ニ出合申候 宰相様御用之由
対馬守殿承及候而取持以頼之申付候 其上対馬守
町人ニ朝鮮之通辞仕候加賀屋左兵衛と申者并対
馬守殿より通事付候由ニ而出合候持参候物ハ指南
同然之指図ニ而和紙二束宛成候ニ通事ヲ
二日指南ハ通事学士成候ニ付金指南と申
朝鮮人ニ罷帰候
三日三使令上々官三人ヲ為使者 殿様ニ青物差上
目録

奉呈
水户公閤下

鷹子壹連
人參壹斤
虎皮貳張
白照布伍匹
芙蓉香貳拾本
黄毛筆貳拾本

・真墨弐拾笏

際

壬戌九月 日

通信使

叔麟

今日於三宅新八江書状在之三使之内於此節ハ
殿様江文庫之内ニ黄勉齋集有之候を拝借仕度
之由申来候而持参之処ニ詠書ハ持八指候草木
存為持驛馬在之御筆蹟ニ成壞候之由之為
不審驛馬在鄰斗俊劉以寛鄰文秀壽進呈之

致進上候朝鮮人ニ為見朝之進退候御用之事被仰
之、自加賀守殿江銀子壱枚被下之
罷 殿様御意之由新八ヶ小姓間を以学士成琬江縐
縮三端紅黄白 被下、三端を紙袋ニ包上書ニ縐紗三
端と被仰被遣之
新八指月菓子等ニ而東武之成琬江相尋候趣之覚
御合元指新八自分之音物分ニ為扇子壱箱 二十柄
指月自分之音物分ニ為煙草壱箱 三種 并煙管五本
成琬ニ被下之、此日三使ヘ 殿様江 指上申候音物目

猶々書面礼ニ不叶候得共一二ヶ條之御疑問ヲ御書抜
今日於八ツ時持参於八是迄学士成琬ニ示成琬
披見同儀之学士李聃齢ニ茂示之無程
思案之神何茂答言有之通辞を以為左以ヲ是ハ上之官
上判事之掌事ニ而我等存寄不及之不叶候新八
申出候ニ付右之方之諸書上之官上判事ニ茂
相談之三使ニ茂相達候処返事不被成候
物之通辞を以為是ハ事重之存候ヶ様之儀者軽
三位ニ申出ニ而も申通し候事ニ候 通辞退候相見へ申候

朝三ね其ハ趣ト合有之由疑問を授く
御疑問之写

問

一 昨日

三使所贈我相公之土宜惟録品数不具姓名

一 楮尾押一印稱

三使所贈

一 見印文二字疑是
尹公之字乎古人於交際自
稱名不稱字以爲通式
右三件竊有所疑蓋
貴國之法乎願聞之

右之御疑問之中土宜之二字御尋被成候処に
錫之方指月に就而越候方相之二字先年從御
老中から之書簡之内にも朝鮮人之分外無與仕

書簡を請申乃補とて事ハヶ様ニ御座候処又日本ニ
献進仕候土物を方物と送り申候ニ付朝鮮人
合点仕候而御尋申筆談ニ而此ケ様ニ書候而三ヶ條之注進
答申ニハ却而方物と申字ハ書申間敷と存候
由依之時方今献ハ献給を方物之字書候旅
契丹之文ニ而ハ去外国ゟ中朝ニハ之貢物ニ而此物を方物
二字ニ定ハ其国之限り事ニ而土物贈物互ニ
方物と用書ニ而有様ニ而御座候ニ付是を論し此物者
中々怪敷御座候ニ付此段是ハ此方ゟ疑問ニ仕候

寫為差之此三ヶ條より返答并 此埒も能此方朝

鮮ヘ 様并 寫も有之此を先段可被成此後 別書物

之二字土宜と先書ク一被遊候之

五日 大樹公朝鮮人之饗馬御覧

七日 指月被遊候 相尋

六日 朝鮮人江上使有之御暇被下之

朝鮮之治御用之候種々承精ヰ付指月向後使

白銀拾枚被下之

今日指月精八今井小四郎三人江筆墨紙 精被

○と

差候処ニ成就ハ[illegible]候ニ而不出来全指南之達候間[illegible]
尋申候朝鮮之[illegible]ハ[illegible]候而三国之答[illegible]申候処
朝鮮ニ申候も書官上判事ニ見せ申候処ニ皆々ニ[illegible]
申候三使ニ不拙達候ハヽ中々[illegible]返答ニ而仕舞之[illegible]
[illegible]判事ハ申候も先日申候通故様三使ニ拙達
候も方本之[illegible]持参[illegible]返答承候
[illegible]見[illegible]苦[illegible]も候ハ対一[illegible]ニ[illegible]
故ニ拙達ハ[illegible]申候処ニ錯之申候よく合点仕候
[illegible]三使ニ拙達[illegible]返答申上候[illegible]不仕候[illegible]

名簿差上し候を誰と指候儀不分明に付九流戸蔵
爲念名を書の世候様に被申候右之趣間に新
八姓名を書付相渡胡之無疑間右之使ゟ達水戸
公へ使者を以被尋候處殊ニ御念入候段被通答有之
申入候処得と承候由ニ候
今日書方役吉弘左助高人被仰付候
右佐書管蘇跟候儀ニ付内蔵允高庵蔵
依之三郎左衛門被召出宗対馬守殿家老大浦忠左衛門
左衛門出合上ニ而因知朴再與を呼出候書管向跟

切情之処只仍良久為患在之朴再與發出三使
以先依念候て依使詩依書簡并白銀贈之惠
奉存候依心入不淺儀依存候只今之絵申候間將日
此方今依遠事前上候由右之通事為差上度
左樣ハ遊候ハ
御書簡之写

奉

朝鮮國通政大夫吏曹參議知製教東

山[illegible]君使臺書

嘗聞

錫疇叙倫垂之洪範

繼好親仁謂之禮經

貴國密邇

本朝振古抵今講信修睦而不渝盟

信約意其

檀君之闢基千古荒昧

箕子之遺風百世廣覃方今

使臺當
持
節之任受
專對之
命山水之遙備嘗嶮艱堠亭之長不
爲無勞曩者始覩
懿範極增愉快然
朝堂初筵未飽
玄論惟憾萍水一遇艱於繼見茲

辱
嘉貺多儀感佩有餘愧罔瓊琚。[1]報
然敢無交際之義乃具不腆如別幅
伏冀
亮炤不宣
奉
朝鮮國通訓大夫弘文館典翰知製敎
鷺湖李君使臺書
欝然紫氣望異人之過炳焉星煇

占賢者之聚天壤之間物皆有感
人誠然矣嚮
旗旄到
都衆咸謂黄星縫雲神龍朱草之觀也
屬者在
朝堂一挹
清塵禮典有則豈敢攄鄙悃而其
藹然和氣
粹然詞容是知弸乎中者必彪乎

外宜矣觀者驚愕以爲異也

夫

遐方君子

啣

擢

命

節有至於斯誠厚幸也只恨不能聞玄

譚奇論而爲請著五千文字館舍

咫尺不能邂逅諸君子把觴歌四

牡亦爲快已美
惠
土宜若干無任良荷之至謹裁尺
一宜寄衷素幷致菲儀聊答
來意豈殫瓊瑤永爲相忘也
旋旆杜適時惟高秋
戒謹霜露
奉
朝鮮國通訓大夫弘文館校理知製敎

竹菴朴君書

夫使於四方遂桑弧之初心貌
榮名于他邦實士君子之所希也
臺下奉
命不遑寧處駰騎載驅衝
雞林之梅雨星槎遠泛泊馬島之荻風
積水之環九州烔濤難濟
征衣之亘三季寥暑旣易匪躬歟
掌之勞爲何如哉

將
幣之日幸瞻
手采玉山瓊樹使人恍然心醉
公庭之儀禮文有制恨不能飫叙區區
嚮
貺
貴國土寶喜荷交併爰陳芹儀如狀廻
軫不日把
袂無由參商之別不堪瞻望之至

萬祈
亮鑒

九月六日

参議従三位兼行右近衛権中将水戸侯源光圀再拝頓首

右之中書絹簡擡頭書式ハ不及申折方撰ゝ筆毫之返簡
細略之書管之法准兆味 諸於三遍 秀名古東儀状
副啓相具り 紛茂大高檀紙之中南内函蓋紙外
函ハ大奉書紙紅茶寛ニ 仍茂清如蝶臙脂人参紙包

三使ゟ贈之檜之白木臺ニ載之
白銀三箱一箱ニ三百目宛 但指出シ有之可然候 各箱之上ニ白銀
三貫目と書付有之三箇ニ九貫目ニ先例ハ三使ゟ
一所ニ銀子弐百枚と書候処今度別ニ目書替候以
上意候処如此也
七日三使ニ下宗対馬守宅ニ而燕饗有之
今日於指月親書相尋
此尋相達此返事 訖仕候相ニ上ニ人ゟ雲形机被
殿摘分御書之間訖下ゟ其御数ニ引シ如事也 但

此間之答ハ得中ニ言殺之迚も有ハ存親因循之誤
ニ存候而之至極之誤用ニ候是非御書中ニ載無御
ニ存候故猶於此地此間之御返通信之礼之辭茂
際り申候ニ付猶更存候ハヾ此段々書翰之文字三使
拝外驚嘆稱美仕候
今日三使ゟ上判事二人ニ而使者　殿様江昨日之
通賛之御精指上懇勤之礼謝申候　御眼ニ達候
辨退詳見退賛　仕間敷三間之内通答ニ而[illegible]候ニ付右
挨拶之謝[illegible]合之内ニ上之て對面[illegible]座候　右[illegible]

對馬守殿先格とて相共ニ去比度朝鮮之儀ニ付而
事ニ付御尋ニ付　水野右衛門大夫殿ニ同上判事二人
本ニ而管ニ相済申候
殿樣御吟味被遊朝鮮人此方へ来年來候
御奉書ニ而被思召候旨被仰付候　對馬守殿ゟ被
仰付候處　對馬守殿ゟ宗右衛門大夫殿ニ申入候ニ
候間
殿樣ゟ右衛門大夫殿ニ被仰付御出被遊候
中ニ本丸御中赤林半兵衛ニ而御使右衛門大夫殿ニ被遊
節ニ三間程も御出候て被遊候而右衛門大夫殿御出之通

相応候樣ニ昨日大久保加賀守殿ヘ申來ル朝鮮人
之寺許ニ而某ニ相ニ而付し由此方より申來
八日朝殿樣紅葉山ヘ御參詣ニ付水野右衛門大夫
殿ニ御逢被仰聞候ハ 御出之而右近大夫殿ニ被仰
三使今之使者又者屋舗ニ參候ニ付御返答ニ及申付
候者存候得ハ御勝手次第ニ候得共上判事ニ參候相
候由ニ相宗對馬守申も申候之處以ヘ[illegible]止
今日指月朝鮮人ニ被仰付候新八ニ朝之方ヘ被遣
今相三使ニ對面被成候筆人ニ被仰付[illegible]

隼人返簡を持参、白銀ハ不持参候

対馬守殿ゟ之覚

朝鮮人ゟ御書簡并白銀差越候付、返簡持参、詰
中ゟ召仕候者家来ゟ為持差上申候
三使ゟ之書簡ニ而返翰可得朝鮮人差上詰申
候旨、詰中ゟ昨日返使在之返翰詰候下知信
由申参候中朝鮮人差上候所、両人任様ニ相極
中ゟ相渡候処返翰急ニ朝鮮人ニ渡返翰
指上申候ニ詰中へ相渡候用人中ゟ返翰申出候

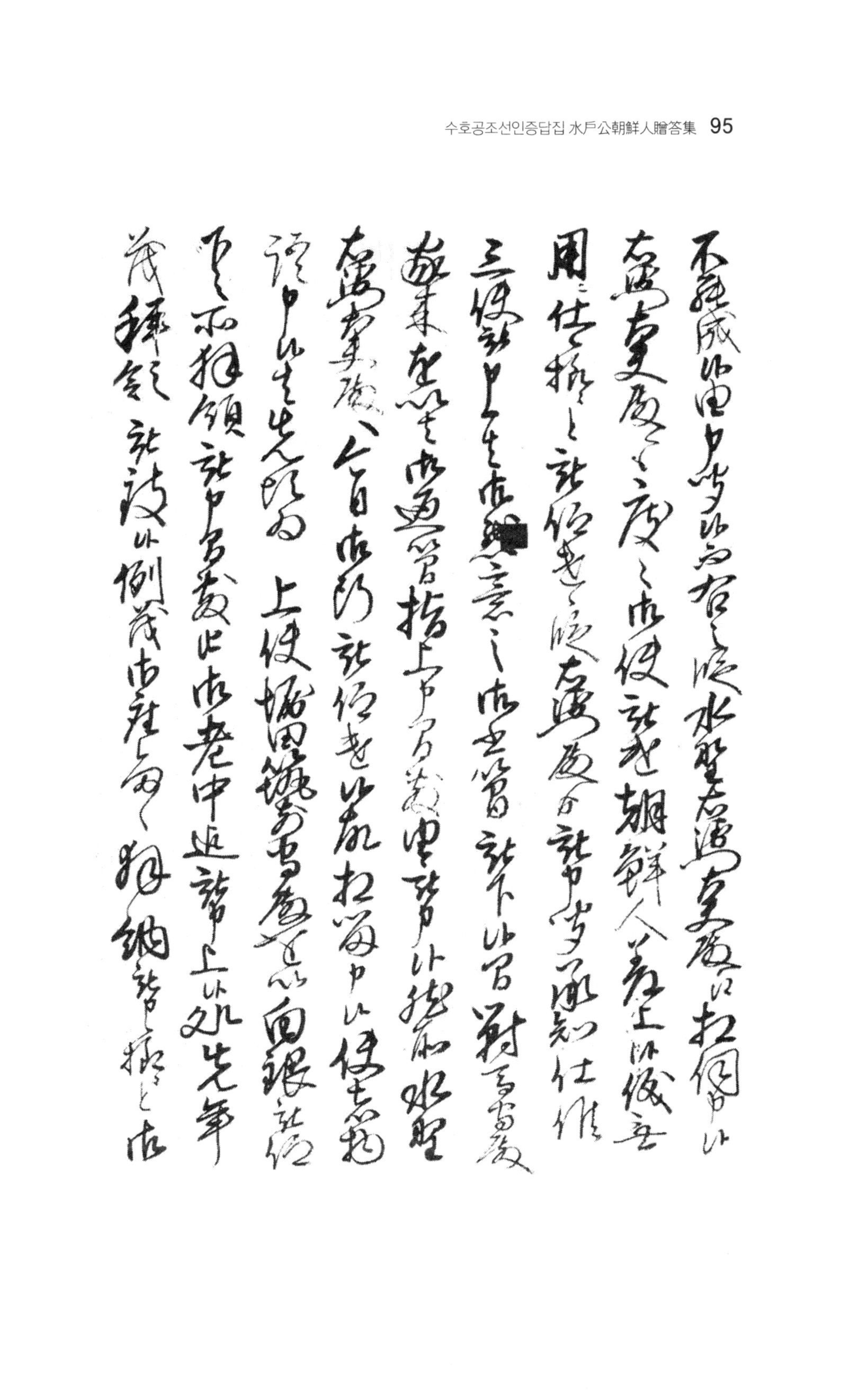

老中ゟ被　仰出候得　被任御通以場
殿様ゟ被遣以白銀を金納被下趣被　仰出候　御儀を納
下之筆談以返翰を返翰被下候之之被遣入付
大使者物語被下以

朝鮮國通信正使尹趾完謹奉覆書于
日本國参議從三位兼行右近衛權中將水戶侯
源公閤下日者奉對
雅儀寔深傾慕而

公朝之會非私語之所終無一言半辭
少抒衷曲迨今耿耿不忘不意
辱賜華翰
寄意勤摯廼知誠之所在彼此同然
仍念
閤下以明德茂親協贊
新化仰體
貴大君修睦之義推此心而眷々於不
佞其相愛相敬之意溢於辭表圭

復再三感荷千萬第有所一段不安於心者顧此儀狀所附白金三百兩名雖餽贐實係貨寶古之人未有以金爲幣者蓋由受之者不免貨取之嫌而與之者亦使人安心之道故也

閤下書中有交際相報等語執此論之於不佞宜無可辭

閤下又必曰自有已事固無所妨而

。此特循常之言襲謬之事耳在
閣下則不然矣竊觀
閣下以禮自將至於簡牘儀式之徹
無不一出於禮眞好禮之
君子今遇禮之
君子若不以禮相勉則烏在乎貴相
知心之道哉玆遺舌官謹將
送惠白金全封還呈惟
閣下諒此區區之意

收納而不爲之嗔怪則
閤下所以禮待不侮者豈世俗厚幣
相贈之比也回轅之後嗣音無階
臨書悵然不知所云伏希
崇照不宣謹狀
壬戌九月初七日　尹趾完頓首

朝鮮國通信副使李彥綱謹奉復于
日本國參議從三位兼行右近衛權中將水戶侯

源公閤下鄰好世篤修聘有禮如不佞者亦忝
使价之列獲覩
貴邦儀物之盛何其幸哉日
朝堂之會乍接
清範雖
公朝禮肅不敢交私語
河間典刑固已望之而心醉矣不意茲者
寵賜華翰誠意懇摯奬詡過隆盥手披
翫恍如入蘭室接

芝眉而展良覿也顧不佞何以得此
於高明也第摯用羔鴈同卿大夫之
制縞紵相贈古人亦有行之者而貨
而取之君子之所深恥也不但受之
者爲傷廉抑恐有傷
於
愛人以德之義故所
餽白金三百兩茲不敢 領留謹全封
奉還稾想

高明亦必有地以諒此心而恕天其
罪也使事既竣旋轄有日山川曼
濶後會無期臨紙不任悵惘伏希
崇炤

壬戌九月初八日　李彥綱頓首

朝鮮國通信從事官朴慶後謹拜復于
日本國參儀從三位兼行右近衛權中將水戶侯
源公閤下　頃陪

饗席獲覩
模範有拘
公堂之儀靡攄嚮慕之忱追庸戀戀恒
切耿耿不料茲者
辱賜華翰辭旨旣眷副以儀狀數月
又多有以見
明公不廢古人行者必贐之義而亦
可知
明公仰體

大君歎接隣使之意也感激于中嗚謝
何已第惟橐金營產陸賈貽誚無
處受餽孟子有戒今此所
貺雖曰舊例以金為幣實非古禮何
必循常襲謬違古蔑禮以自速貨
取之刺乎以
閤下禮將之心而犯無處之戒使俺
等廉恥之道而有橐金之誚則得
不非於無與無取之分而卒不免

於傷惠傷廉之嫌乎交與之際貴相知心辭受之節所關不細幸乞
特諒微衷丞恢
盛量𥙷還儀狀俾
許仍留則固有得於交與之際而庶無愧於辞受之節矣使事既完歸期已𠥓一渡溟海便隔箕斗瞻想
德宇不覺悵缺不宣

崇照

壬戌九月初七日　朴慶後頓首 在卯

九月指月朝鮮人方江遣彰八ヲ錦二方江遣錦之中候處学士成琬自分之詩之草稿海客揮毫一冊渤海漢人之稿一冊　被遣入御覧候之処中堂此之彰八中候處　被遣候御用ニ候由先拙者借り一讀申して携来りと申此一讀之後木下順庵迄遣し朝之通ニ返ス

今日拙者為御使者三使連名之御復簡
一通竝朱田筆人方江貽被之御復簡之
取次拙者ニ被仰付候三使御使為御返書之
人連判之再復書簡被上向後拙者御禮
申上候
御復翰之写
外函之表書様

奉復

朝鮮國通信三使臺閤下書

辱

賜復札三四讀之不覺交梨在口明月

入懷齒頰馥郁胸膈洒落而獎借甚

過恐非所以受人之道焉況不佞乏

文才操斧于斑門實不能無耻何當

大方之觀乎前者所贈是交際之儀而

木李之報也且有行者以贐之事承

薄物封還顧夫芹忱之心未能彰乎

抑亦菲儀之情不能備乎我竊惑矣
三使臺閣下清康高節過于胡質踰于
陸績不腆微物豈容
高明傷廉之疑乎哉況我贈非南越之
裝
使臺亦非遊說之徒乎古人有以黃金
為中幣者有其辭則皆受之不以為
傷義然則於無與無取之道彼此

[illegible]乎[illegible]

[illegible]克崇[illegible]

度以諒交際之報則講

相愛相好之情通可謂[illegible]疑伏希

[illegible]國昇[illegible]

三使臺閣下勿罪不敬

重陽旣日

水户侯源光國頓首拜

此度[illegible]紙再[illegible]寫者之義皆悉如前日[illegible]也
韓[illegible][illegible]韓客古東八[illegible][illegible]以
三使各[illegible][illegible][illegible][illegible][illegible]

再覆

昨者猥瀝鄙悰仰浼
崇聽謂
閣下諒區區之意非出於不恭而猶且
悚惕日夕不安茲承　辱覆勉諭諄

勤溪佩
春愛之情出尋常萬萬況滿紙琳琅耀
人眼目重幣未蒙収還又獲此寶百
朋之賜何足以喻其輕重也耶贐行
以金已有故事 凡諸贈遺皆不敢辭
而獨於
閤下縷縷煩稟者誠以
閤下飭躬以禮待人以誠庶不因循謬
例以盡取與之道

來諭至以芥忱未彰菲儀不備等語反
自引咎而責之以交際之義如是而
終始固辭則恐不免爲不恭之歸玆
用黽勉拜領古人所謂感恩則有知
已則未有正爲今日道也秋序向闌
日氣漸冷只祝爲
國保重伏希
照亮不宣謹狀

通信正使尹趾完
通信副使李彦綱
通信従事朴慶後

壬戌重陽

十日指月ヲ訪

十一日指月訪学士成琬ト新八ト先日之通問

来ル皺波紙贈亦之謝礼[illegible]

十二日朝鮮人江戸ヲ発ス　今川ハ宿宗対馬守殿へ

因茲訪問依之対馬守殿今川ヲ訳[illegible]

今紀述讀候而可了詳云

九月十二日　　水戸宰相

宗對馬守殿
人々中

三使江被遣儀状之写

儀狀

謹具

送行詩　壹章

日本紙　柒品

奉申

敬　　本官位姓名ノ下拝

此二通ハ布目奉書紙ニ御用并画紙ニ認如此

於三使江贈進候之写

奉送
朝鮮國東山尹公使
日本國歸
萬里勞來聘
三韓尋舊盟
衣冠皆駭矚草木亦知
名遽爾已臨別黯然不盡情
鄕人若相問文物屬昇平
奉送

朝鮮國鷺湖李公歸
本國
星軺持
使節敦好結交鄰邂逅言雖異慇懃情
尚親寄詩推李杜分袂隔胡秦今日
君歸去長爲遠別人
奉送
朝鮮國竹菴朴公之歸
雞林交際久卿

命使

扶桑盛禮復難得良緣不可常綠陰辞

舊里黃菊感他鄉殘夢屋梁月相思

幾斷腸

常山源光國頓首

右之通[illegible]向後[illegible]自筆[illegible]書[illegible]

[illegible]人六寸幅[illegible]人四寸[illegible]御[illegible]

[illegible]御名[illegible]

一為儀状之答、因東人三使日別之換之白紙等之

亦贈物之紙之書付

日本紙、　七品　三箱 但如此

同入日記之写

備中檀紙

越前奉書紙

越前卯色紙

加賀染紙

鳥ノ子帋今之

伊豆桂紙
美濃武儀紙
常陸水戸紙
●共ニ七品

修禅寺紙ノ事
美濃障子紙ノ事此紙美濃國
武儀郡ヨリ出ルニヨッテ也

十四日諸友平助ヲ以テ三使大老和答有リ其上為
返札ト数品指上ル平助ニ茂扇子筆墨ヲ
贈之帰ル

敬次

送別韻奉呈

水户侯常山源公　詞案下

　薄儀来賀

慶大信豈申盟未入扶桑界先聞

水户名周旋仰

懿範委曲荷

深情臨別仍相勉但宜賛太平

　東山尹趾完頓首

敬次
日本國水户侯源公贈別
詩韻
海外逢知已天涯卽比隣一言
携手地傾蓋許心親使節初辭粤
歸程遠向秦
新詩有餘意百里問行人
通信副使李彥綱拜稿

敬次

送別韻奉呈

日本國水户侯源公　詞案下

使節隱槎影來觀日出桑河間兼好

禮

交際荷非常別意

投新句歸程指故

鄉

音容從此隔安得

不回腸

通信從事官竹菴朴慶後拜藁

謹具

奉和詩一章

龍鞭黃毛筆貳拾柄

大折油煤墨二拾笏

桃花紙叁卷

青藍紙叁卷

雲苍紙肆卷

謝
奉申
黃菊紙伍卷
朝鮮國通信正使尹趾完頓首拜
儀狀
謹具
奉和詩一章
各色紙拾五卷

大小墨二拾笏
各色筆二拾枝
奉申
謝
朝鮮國通信副使李彥綱頓首拜

謹具
奉和詩一章
桃花紙二卷

黄菊紙三卷

雲暗紙二卷

青花紙二卷

黄毛筆二拾枝

大折油煤墨拾笏

中折洒金墨拾笏

清心元貳拾九

蘇合元貳拾九

奉申

謝

朝鮮國通信從事官朴慶後頓首拜

목하순암고

木下順菴稿

목하순암고(木下順菴稿)

조선시대 임진왜란으로 단절되었던 일본과의 국교는 1607년 도쿠가와 막부의 요청에 회답겸쇄환사(回答兼刷還使)를 파견함으로써 재개되었고, 1636년 4차 사행부터 통신사라는 정식 명칭의 사행을 파견하게 되었다. 일본으로 파견된 통신사행은 조선인이 일본을 관찰할 수 있는 유일한 기회였고, 일본 쪽에서도 자국에서 조선인을 직접 만날 수 있는 유일한 기회였다.

사행에는 외교 사절뿐만 아니라 문화사절도 포함되어, 활발한 문화교류가 이루어졌다. 공식적인 행사에는 역관(譯官)이 중간에서 통역했지만, 한자를 써가며 필담으로 개인적인 의사를 소통하는 일도 빈번하였다. 한문 실력을 갖춘 문사들 사이에 이루어진 필담과 창화시는 한·일 양국 교류의 모습을 가장 생생하게 보여준다. 1636년 4차 사행에서 이문학관과 서기가 등장하면서 필담창화가 본격적으로 시작되었고, 1682년 교류에 참여하는 일본문사의 수가 점차 확대되면서 상업적 간행이 이루어지기 시작하였다.

본래 일본은 무사(武士) 중심의 국가였던 까닭에 유학이 절대적인 국가 통치이념으로 채택되지 못했으며, 보조 역할에 그쳤다. 한문은 교양을 갖춘 승려처럼 특수한 계층에서나 할 수 있는 것이었고 외교 업무도 승려들이 관장하였다. 그러다가 에도막부가 들어서면서 처음으로 승려가 아니면서 막부에 고용되어 한문을 담당하는 인물이 등장했다.

『목하순암고』의 저자 기노시타 준안[木下順庵, 1621~1698] 또한 그러한 인물 중의 한 사람이었다. 준안은 후지와라 세이카[藤原惺窩, 1561~1619]에서 비롯된 일본 근세 유학의 융성을 주도한 인물로, 근세 문화의 절정기인 겐로쿠[元祿] 시대를 이끈 사람 중의 하나이다. 당시 막부나 번에서 활동하던 유자들은 대부분이 교토의 경학파에 뿌리를 두고 있었는데, 그 원류는 강항(姜沆, 1567~1618)과의 교류로도 유명한 세이카였다.

세이카의 문하에는 가장 뛰어나다고 일컬어지는 네 명의 제자가 있었는데, 하야시 라잔[林羅山, 1583~1657], 나바 갓쇼[那波活所, 1595~1648], 호리 교안[堀杏庵, 1585~1643], 마쓰나가 샤쿠고[松永尺五, 1592~1657]가 그들이다. 이 중에서 준안의 스승이 바로 마쓰나가 샤쿠고이다. 샤쿠고는 번에 고용되지는 않았으나 학문을 좋아했던 카가[加賀] 번주의 후원으로 교토에 사숙을 세우고 제자를 길렀는데, 준안도 그 중 한 사람이다.

준안이 학문을 익혀 세상에서 활동하기 시작한 것은 마흔이 넘은 때로 이때 스승과의 인연으로 카가[加賀]의 마에다[前田] 번주의 초청을 받았고, 62세 때인 1682년 7월에는 막부에 발탁되어 유관(儒官)으로 활약하였다. 당시 준안은 학문과 덕망으로 명성이 높았는데, 아라이 하쿠세키[新井白石, 1657~1725]와의 일화는 이를 잘 보여준다. 1711년 통신사 접반(接伴)을 주도하였던 하쿠세키는 원래 하급무사 출신이었으나 1682년 통신사에게 자작시집인 「陶情詩集」에 서문(序文)을 얻은 것을 계기로 준안의 문하에 입문할 수 있었고 이후 준안의 추천을 받아 막부에 출사하기에 이르렀던 것이다.

기노시타 준안이 막부 유관이 된지 한 달 후인 1682년 8월에 7차 통신사가 강호에 도착하였고, 준안은 통신사와 수차례의 교류를 갖고 있다. 『목하순암고』는 이때의 교류를 기록한 필담창화집이다. 현재 동경도립도서관(東京都立圖書館)에 소장되어 있으며, 필사본이다.

이 책에 따르면 준안과 주로 교류한 조선측 인사로는 제술관 성완(成琬, 1639~?), 서기 이담령(李聃齡, 1652~?), 자제군관 홍세태(洪世泰, 1653~1725) 등 3인이다. 뒷부분에는 상통사(上通事)로 수행했던 안신휘(安愼徽)를 비롯, 정사(正使) 윤지완(尹趾完, 1635~1718), 부사(副使) 이언강(李彦綱, 1648~1716), 종사관(從事官) 박경후(朴慶後, 1644~1706)와 주고받은 시도 실려 있다.

『목하순암고』는 크게 8월 26일자와 9월 4일자 필담과 창수, 그리고 9월 7일 대마도주가 베푼 연회에서 잠깐 만난 이후 주고받은 화답시 등으로 구성되어 있다. 수록된 순서와 내용을 보면 8월 26일 에도의 본서사(本誓寺)에서 준안과 성완·홍세태가 나눈 필담과 창수시, 9월 4일 같은 장소에서 준안과 성완, 이담령, 홍세태가 나눈 필담과 창수시, 9월 7일 이후 준안과 안신휘, 윤지완, 이언강, 박경후가 주고받은 창수시, 그리고 성완, 이담령, 홍세태에게 준 준안의 증별시 등으로 되어 있다. 이 중 8월 26일자는 『조선인필담병증답시(朝鮮人筆談幷贈答詩)』의 9월 6일자 내용과 거의 동일하다.

『목하순암고』는 자신에 대한 간단한 소개와 창수시 교환이라는 단순한 형태를 띠고 있다. 수록된 내용은 창화시가 대부분을 차지한다. 필담은 정중한 인사말이나 간단한 문답에 불과한 경우가 많아, 시문 창화를 보조하는 역할을 하고 있다. 『목하순암고』는 시종일관 양국의 우호, 상대방의 덕망과 문재(文才)를 칭송하는 외교적 언사로 채워져 있다. 양국 문사 간의 필담창수가 기본적으로 외교적 행위였음을 감안한다면 이와 같이 정중하고 공손한 태도의 견지는 당연한 것이라 할 수 있다.

『목하순암고』를 보면 일본측의 시편에 대해 될 수 있는 한 화답하려고 애쓴 통신사들의 모습이 보인다. 특히 대마도주의 연회에서 준안이 준 율시에 대해 추후 잊지 않고 화답한 정사 윤지완, 부사 이언강, 종사관 박경후의 시가 실려 있어 주목된다. 이때의 자세한 상황은 『목하순암고』를 통해서는 알 수 없고 히토미 가쿠잔[人見鶴山, 1637~1686]의 『韓使手口錄』을 통해 살펴볼 수 있다.

그 기록에 따르면 9월 7일 쓰시마 도주의 저택에서 연회가 베풀어졌는데, 이때 막부 시강(侍講)이었던 준안을 비롯하여 대학두 하야시 호코(林鳳岡, 1645~1732), 히토미 가쿠잔도 함께 참여하고 있었다. 이때 준안과 가쿠잔은 틈을 보아 성완·홍세태와 필담을 나누려 하였으나 사신단의 공연 관람 일정을 이유로 쓰시마 기실 고야마 도모카즈[少山朝三, ?~1684]의 제지를 받게 되었다. 지루하게 기다린 시간이 지나고 사신들을 만났을 때는 이미 저물녘이 되었는데, 정사 윤지완을 비롯한 사신들은 즉석에서 화운시를 지어주는 호의를 베풀었다. 이때 준안 또한 미리 지어 놓은 율시를 바쳤으나 그 자리에서 화답시를 받지 못하고 며칠 후에 받게 되었는데, 그 시가 『목하순암고』 뒷부분에 실려 있는 시들이다.

본디 정사, 부사, 종사관 등 삼사(三使)는 움직일 때 수역(首譯)을 동반하였고, 상대방이 상응하는 지위의 인물이 아니면 함부로 시를 주고받거나 서한을 보내지 않는 것이 일반적이었다. 때문에 삼사의 시가 필담창수집에 실린 것은 매우 드문 예라 할 수 있다.

또한 『목하순암고』에서는 막부와 번의 유신 등 관 중심의 테두리를 벗어나 민간 유자들이 대거 등장하기 시작하는 18세기 필담창화 양상의 전초를 엿볼 수 있어 흥미롭다. 준안의 제자인 야나가와 신타쿠(柳川震澤, 1650~1690)의 등장이 그 예이다.

17세기는 통신사행을 통해 활발히 이루어졌던 필담창화 방식이 성립되는 중요한 시기였다. 통신사의 횟수가 거듭될수록 조선인의 글을 받고 싶어 하는 일본인이 점점 늘어났다. 그러다가 1682년에 이르면 통역을 통해 글을 부탁하는 수준이 아니라 직접 한문으로 얘기를 나눌 수 있는 일본의 문사들이 등장하게 된다. 물론 1682년 직접 필담에 참여한 일본 문사 대부분이 막부와 번에 소속된 유관이었고 준안 또한 이 점에서 예외가 아니었지만 그의 제자인 신타쿠는 달랐다.

신타쿠는 근세 유학자로서 지명도가 있는 인물이긴 하나 번이나 막부에서 활약한 것은 아니었다. 그는 본래 몰락한 무사의 후예로 농사를 업으로 하는 집안에서 태어났다. 게다가 일찍 아버지를 여의어 숙부의 집에서 자랐는데, 진택(震澤)이라는 호는 그의 고향 근강(近江)에 비파호(琵琶湖)가 있기 때문에 만든 것이다. 17세 때 교토로 유학하여 기노시타 준안의 학숙(學塾)에서 공부를 했으며, 나중에는 스승을 대신해 강의를 하였다. 통신사가 방문했던 1682년 준안은 막부의 유신이 되어 에도에 머물고 있었다. 이때 신타쿠는 실제로 하는 벼슬 없이 교토의 학숙에서 준안의 아들인 기토시타 기쿠탄[木下菊潭, 1667~1743]을 지도하고 있었다.

1682년 사행 당시 신타쿠는 교토에 도착한 통신사 문사들을 만났다. 사행이 교토를 떠나기 전날 신타쿠는 홍세태에게 "저도 스승의 명이 있어서 내일 오시에 에도로 출발하니 잠시 헤어지더라도 다시 볼 기약이 있습니다."(『和韓唱酬集』 二之一, 11장)라고 말하였다. 이에 따르면 신타쿠가 에도에 가게 된 이유는 스승의 명이 있었기 때문이라 추정할 수 있다. 『목하순암고』에서 성완과 홍세태가 준안과 나눈 필담을 보면 사신 일행이 교토에 도착한 날 신타쿠가 찾아와 필담과 창수를 나누었고, 그 과정에서 신타쿠가 스승인 준안의 학식과 문장에 대해 소개하였음을 알 수 있다. 신타쿠는 사신이 에도를 떠나 귀로에 오를 때에도 홍세태의 시에 차운한 증별시(贈別詩)를 가지고 찾아와 송별하고 있음이 보인다. 준안 또한 '유강(柳剛)이 서경에서 와 사신의 덕이 바다처럼 성대하다는 것을 자세하게 말하여 뵙고 싶은 마음이 간절하였습니다"라고 말하고 있다. 이로 보아 신타쿠가 교토에서 사신을 만난 후 에도로 와 막부의 유관으로서 사신 맞을 준비를 하고 있던 준안에게 사행단에 대한 사전 지식과 정보를 전하였음을 알 수 있다.

신타쿠의 등장은 주군의 명이 아니더라도 조선 문사에 접근할 수 있는 유자계층이 생겨나기 시작했음을 알려주는 전조라고 할 수 있다. 번이나 막부에 소속되어 있지 않으나 학연으로 인해 조선 문사를 접할 기회를 가진 민간 유자의 등장은 향후 양국 문사의 교류가 개인적·사적인 교류로 확대될 가능성을 보여주는 것이라 할 수 있다.

한편『목하순암고』에는 지역에 따른 일본 한문학의 발전과 그에 대한 준안의 자부심이 담겨 있다. 잘 알려져 있다시피 양국 문사 교류에 있어 1682년의 가장 중요한 변화는 제술관 직임의 설치이다. 일광산 치제가 폐지되었는데도 외교 실무를 넘어 문장 짓는 일을 담당할 제술관을 파견하였다는 것은 조선측에서도 일본 문사와의 교류에 비중을 두게 되었음을 의미하는 것이다. 그러나 일본 문인들의 숫자가 많아지고 다양해짐에 따라 제술관 직임 설치만으로는 부족하였다. 그리하여 임술사행에서는 제술관 성완과 서기 이담령, 자제군관 홍세태가 일본 문인들을 상대하였다. 시서화에 대한 일본측의 요구에 통신사 제술관은 물론 문장 능력이 있는 서기, 자제군관, 역관이 필담 대응의 전면에 나서고 있는 모습을 볼 수 있다.

쓰시마에서 에도에 이르기까지 통신사의 여정 중에서 필담창화가 가장 활발하였던 곳은 에도였다. 에도에는 각 번의 번저(藩邸)가 모여 있었고 각 번에 소속된 유관들도 번주를 따라 에도에 머무는 경우가 많았기 때문이다. 에도 못지않게 필담창화가 활발했던 곳이 교토·오사카를 중심으로 한 간사이[關西] 지역이었다. 교토에는 전통적인 한문학 담당층이었던 오산(五山)의 승려들이 있었다. 오산 출신의 이정암(以酊庵) 장로가 통신사를 호행하였으므로, 이들은 조선 문사를 만나기에 용이했다. 한편 오사카는 통신사 육로 여정의 시발점이자 번들의 구라야시키[藏屋敷]가 설치되어 있는 막부의 장입지(藏入地)였다. 따라서 각 번의 유관들이 머물며 통신사 행차를 기다리기 편한 점이 있었다.

이렇듯 에도를 비롯하여 교토, 오사카는 일본 한문학의 발전을 눈으로 확인할 수 있는 지역이었다. 실제 이들 지역은 출중한 문사들이 많이 배출된 지역이었으므로, 문사들의 수창이 가장 많았다. 에도의 수많은 인재들과 문풍에 대해 감탄하는 성완과 홍세태의 시에 대해 준안은 "오경 같은 문장 짓고 시도 지어야 하리니, 이경에서 마친 다음 삼도가 또 기다리네[須爲五經賡鼓吹 二京賦了又三都]"라고 화답하고 있다. 보기에 따라서 성완과 홍세태의 찬탄은 의례적인 외교적 수사에 불과한 것일 수 있다. 그러나 이에 화답하는 준안의 문구에는 정치적 안정을 발판으로 하여 바야흐로 학문적 융성함을 맞이하고 있던 당대(當代) 일본에 대한 문화적 자부심이 가득함을 볼 수 있다.

목하순암고[1]

천화(天和)[2] 2년(1682) 조선국 통신사가 일본을 방문하여, 8월 21일 강호(江戶)[3]에 도착하였다. 26일에 내가 본서사(本誓寺)의 객관으로 가서 학사(學士) 성취허(成翠虛)[4]와 군관(軍官) 홍창랑(洪滄浪)[5]을 만나 시편(詩篇)을 주고받았다. 그 중의 몇 수를 아래에 수록하였다.[6]

1 목하순암(木下順菴, 1621~1698) : 기노시타 준안. 이름은 목정간(木貞幹). 자는 직부(直夫), 소자(小字)는 평지윤(平之允), 호는 금리(錦里) 또는 순암(順庵)이다. 경도(京都) 사람이며, 1682년 당시 막부의 유관(儒官)이었다. 목하순암과 『목하순암고』에 대해서는 해제 참조.

2 천화(天和) : 일본 제112대 영원천황(靈元天皇)의 연호(1681~1684).

3 강호(江戶) : 에도. 지금의 도쿄를 말한다.

4 성취허(成翠虛) : 성완(成琬, 1639~?)의 호가 취허(翠虛)이다. 본관은 창녕(昌寧), 자 백규(伯圭). 1682년 임술 사행 당시 제술관으로 참여하였다.

5 홍창랑(洪滄浪) : 홍세태(洪世泰, 1653~1725)의 호가 창랑(滄浪)이다. 자는 래숙(來叔), 중인(中人) 출신 무관(武官)의 자손이었으나 일찍부터 시재(詩才)가 뛰어나 김석주(金錫胄), 김창협(金昌協), 최창대(崔昌大) 등 사대부들과 교류하였고, 또한 비슷한 신분의 여항시인과도 시회(詩會) 활동을 통해 교류를 맺었다. 생전에 편찬, 간행한 『해동유주(海東遺珠)』는 조선 후기 최초의 여항(閭巷) 시집(詩集)이다. 1682년 임술 사행 당시 역관으로 참여하였다.

6 『목하순암고』의 8월 26일자 기록은 『조선인필담병증답시(朝鮮人筆談幷贈答詩)』의 9월 6일자 기록과 중복된다. 이때의 날짜는 8월 26일이 맞다.

하늘과 땅처럼 남과 북으로 수륙(水陸)이 만 리나 떨어져 있는데, 여름을 지나 가을로 들어서는 길목에서 더위와 풍토병에 시달리느라 노고가 많은 것을 어찌 말로 다할 수 있겠습니까? 다행히도 금년에는 바람과 비가 때에 맞아 순조롭고 파도가 높지 않아서 배가 건너오기 쉬웠으며 수레와 말이 잘 달렸기에 험준한 여로(旅路)에 일이 어그러지지 않았으니, 온화한 군자를 신이 도운 것입니다. 이것이 어찌 사신의 영광에만 그치겠습니까? 실로 두 나라의 경사이니 지극히 축하할 일입니다.

임술년 가을 8월 하순, 순암 목정간

고아하고 훌륭한 모습을 뵈니 대인군자(大人君子)임을 알겠습니다만, 말이 서로 통하지 않으니 서로 바라만 볼 뿐입니다. 지금 먼저 정중하게 안부를 물어봐 주시고 또 멀고 험한 길을 지나온 것을 위로해 주셨습니다. 글 뜻이 간곡하여 마치 10년 전의 친구를 대하는 듯하니 감사한 마음이 그치지 않습니다. 이는 진실로 두 나라가 돈독히 다져온 우호의 힘에서 나온 것입니다. 높은 덕으로 단련된 풍모를 뵈오니 진실로 다행입니다.

취허(翠虛)

사신 일행이 서경(西京)[7]에 도착한 날 뜻하지 않게 존공(尊公) 문하의 선비 진택(震澤)[8]공을 만났는데, 존공의 학식과 문장이 일세의 으뜸

7 서경(西京) : 경도(京都). 지금의 교토를 말한다.

이라는 말을 듣고 한번 뵙고 싶었습니다. 그런데 뜻밖에도 헛된 명성을 듣고 먼저 객관으로 방문해주셨습니다. 비록 한 번도 만난 적 없는 초면이지만 한 번 보고 이미 큰 덕망과 학식이 있는 분임을 알겠습니다. 문예의 기상을 접할 수 있게 되어 너무도 다행이니, 조용해지기를 기다려 필담으로 말을 대신하겠습니다. 대략 저의 마음을 적어 올리니 널리 헤아려 주십시오.

임술년 8월, 취허(翠虛)

위에서 말씀하신대로 서경에 있을 때 유진택을 만났는데, 문장을 아는 선비였습니다. 제자가 이와 같으면 그 스승을 알 수 있으니, 공경하는 마음이 절로 일어납니다.

창랑(滄浪)

제 문하의 유강(柳剛)이 지나친 칭찬을 받으니 감사하기 짝이 없습니다. 저의 경우에도 헛된 명성[9]으로 고청(高聽)을 더럽혔으니, 부끄럽고 송구함을 어찌 말로 다하겠습니까? 삼가 보잘 것 없는 시[10] 한 수를

8 진택(震澤) : 야나가와 신타쿠(柳川震澤, 1650~1690). 이름은 유강(柳剛), 자는 용중(用中), 호는 진택(震澤) 또는 삽계(霅溪)이며 목하순암(木下順菴)의 문하에서 공부하였다. 그에 대해서는 해제 참고.

9 헛된 명성[箕斗虛名] : 실제 내용은 없이 이름만 지닌 것을 말한다. 『시경(詩經)』「소아(小雅) 대동(大東)」의 "남쪽 하늘에 기성이 떠 있어도 나락을 까불 수 없고, 북쪽 하늘에 북두성이 있어도 술을 떠 마실 수 없네[維南有箕 不可以簸揚 維北有斗 不可以挹酒漿]"라는 말에서 유래한 것이다.

지어 취허공 앞에 올립니다.

문성이 시원하게 바다구름 동쪽에 보이더니	文星快覩海雲東
은은한 옥색이 군자의 풍모로다	玉色溫溫君子風
붓은 천 년 후에도 혀 노릇 여전하니	毛穎千年舌猶在
한 점으로 감응하여[11] 뜻 먼저 통하는구나	靈犀一点意先通

8월 하순, 목정간 지음

삼가 순암이 주신 시에 차운하다
謹次順菴辱示韻

박학하고 큰 재주 일본의 으뜸이라	博學宏才冠日東
반갑게 맞아 주는 고상한 풍채에 읍하네	青眸開處揖高風
온 나라가 우러르는 어진 스승과 제자	邦人定服賢師第
수사[12]의 연원은 만고에 통하도다	洙泗淵源萬古通

취허

10 보잘 것 없는 시[下里] : 저속한 시 또는 노래. 초(楚)나라 때 대중적 노래인 '하리(下里)'와 '파인(巴人)'은 수천 명이 따라 부르더니, 고상한 '백설(白雪)'과 '양춘(陽春)'의 노래는 너무 어려워서 겨우 수십 명밖에 따라 부르지 못하더라는 이야기가 송옥(宋玉)의 「대초왕문(對楚王問)」에 나온다.

11 감응하여[靈犀] : 무소뿔의 한가운데에 구멍이 있어 양쪽이 서로 관통하는데, 사람의 의기(義氣)가 서로 투합함을 가리킨다.

12 수사(洙泗) : 중국의 수수(洙水)와 사수(泗水)를 지칭한다. 공자가 이 근처에서 강학 활동을 하였다고 하는데, 이 때문에 이후로는 공자의 도를 지칭하는 것을 가리키기도 한다.

이전 운을 거듭 써서 사종[13] 취허 앞에 올립니다
重用前韻 奉呈翠虛詞宗案下

문채 깃발 유유하게 도가 잠시 동쪽에 오니　文旆悠悠道暫東
온화한 큰 선비의 맑은 풍모 우러르네　穆如大雅仰淸風
계림 벽수[14]의 여러 인재 모였으니　鷄林壁水群英會
수사가 한 물결로 통함을 보는구나　洙泗今看一泒通

순암 지음

순암 앞에 올립니다
奉呈順庵案右

지금 원덕수처럼 아름다운 모습을 뵈오니[15]　今逢德秀紫芝眉
문채와 풍류가 한 시대를 풍미하네　文彩風流擅一時
담담한 마음으로 기쁘게 사귀노니　湛然方寸欣相照
마땅히 시단에서 만 수의 시 노래하리　宜唱騷壇萬首詩

해월옹[16]이 또 짓다

13 사종(詞宗) : 사백(詞伯). 시문(詩文)의 대가(大家)를 높이어 일컫는 말이다.

14 벽수(壁水) : 태학관(太學館)을 가리킨다. 고대 중국 천자의 태학인 벽옹(辟雍)의 사면에 물이 벽처럼 둘러 있었던 것에서 유래하였다.

15 원덕수처럼 아름다운 모습[德秀紫芝眉] : 당나라 때의 원덕수(元德秀, 696~754)는 평소에 덕망이 높아 천하 사람들이 모두 우러러 보았다. 이에 재상인 방관(房琯)이 원덕수를 볼 때마다 감탄하며 이르기를, "저 보랏빛 영지같이 청수한 미목(眉目)을 대하면 그때마다 사람으로 하여금 명리(名利)에 관한 마음이 싹 가시게 만든다네"라고 하며 감탄하였다고 한다. 『당서(唐書)』「원덕수전(元德秀傳)」 참조.

취허 사백에게 화답하다
和答翠虛詞伯

글을 써서 대화하며 각자 눈을 크게 뜨고	文談筆語各揚眉
서로 마주할 때 고당 가득 정이 넘치는구나	情洽高堂相對時
석목[17]의 부상[18] 삼 만리에서	析木扶桑三萬里
맑은 시 금낭[19]에 주워 담았네	錦囊收拾入淸詩

순암

순암 사장에게 올리고 아울러 제현(諸賢)에게 보이다
奉呈順庵詞丈 兼示諸賢

듣자니 강호에는 웅걸이 숨어 있고	聞說江都地埋雄
수많은 인재들 고인의 풍모 떨친다지	群才大振古人風
주옥같은 인재들 모두 빛나는 이 곳	琳瑯玉樹交輝處

16 해월옹(海月翁) : 1682년 통신사행의 제술관 성완(成琬, 1639~미상). 성완의 호가 취허(翠虛) 혹은 해월헌(海月軒)이었다.

17 석목(析木) : 기(箕)·두(斗) 두 별 사이의 별자리. 정동쪽 인방(寅方)에 해당하는데, 여기에서는 일본을 가리킨다.

18 부상(扶桑) : 신화에서 동해에 있다는 신목(神木). 그 밑에서 해가 떠오른다 하여, 해가 뜨는 곳이나 해를 가리키는데, 여기에서는 일본을 지칭한다.

19 금낭(錦囊) : 시를 담은 주머니. 당(唐)나라 시인 이하(李賀)가 명승지를 돌아다닐 때마다 어린 종복[奚奴]이 비단 주머니를 등에 지고 그 뒤를 따라다녔는데, 이하가 새로운 시를 지으면 곧장 그 주머니에 넣어 저녁에 돌아오면 주머니 속에 시가 가득 차 있었다고 한다. 『당서(唐書)』「이하전(李賀傳)」.

구름같이 높은 운율 창공에 진동하네　白雲高韻動碧空

취허

아름다운 시에 거듭 차운하여 취허 사문에게 사례합니다
重次瓊韻 謝翠虛詞文

한객의 시 원천은 샘처럼 드넓으니　浩浩詞源韓客雄
두 나라의 풍류를 한 자리에서 보는구나　一時同見兩邦風
이별 후 소식 전할 것을 미리 기약하며　預期別後通音信
먼저 구름 속 기러기 가리키며 먼 하늘 바라보네　先指雲鳴望遠空

순암 목정간 지음

율시 한 수를 지어 취허 성공 앞에 올립니다
卒賦一律 奉呈翠虛成公拜下

우뚝 솟은 고상한 모습 아름다운 노을을 잡은 듯　卓犖高標拳彩霞
뛰어난 재주는 더더욱 흠 없는 옥과 같네　英才況又玉無瑕
일찍이 등과하여 가을 계수나무를 꺾었고　登科早折三秋桂
팔월에 사신 따라 먼 바다를 건너 왔네　隨使遙浮八月槎
붓 끝으로 나눈 필담에 지맥이 통하고　筆下談論通地脈
가슴 속 떠오르는 생각에 아름다운 꽃송이[20] 토해내네　胸中萍思吐天葩
서로 만나 말이 다른 것을 어찌 한스러워 하랴　相逢何恨方言異

사해의 유학은 본래 한 집안인 것을 　　四海斯文自一家

순암이 갖추어 짓다

삼가 순암이 보여주신 운에 차운하여 드립니다
謹步順庵示韻却寄

젊은 나이부터 뜻이 높고 크더니[21] 　　妙年奇思鬱青霞
초나라 옥[22]에 한 점 티도 없음을 알겠네 　　楚璧從知欠点瑕
그림자는 함지[23]의 천 겹 파도를 일으키고 　　影拂咸池千疊浪
몸은 박망후[24]의 신령한 뗏목을 따르시네 　　身隨博望一靈槎
맹생을 이미 알았으니 일찍이 단전을 삼켰고[25] 　　孟生已識曾呑篆

---

20 아름다운 꽃송이[天葩] : 비범하게 아름다운 꽃이란 뜻으로, 빼어난 시문(詩文)을 비유한 말이다.

21 뜻이 높고 크더니[青霞] : 직역하면 푸른 놀을 말하는데, 뜻이 높고 고상함을 비유한 말이다.

22 초나라 옥[楚璧] : 춘추 시대 초(楚)나라 변화(卞和)가 얻은 옥인 화씨벽(和氏璧)을 가리킨다.

23 함지(咸池) : 해가 목욕한다는 하늘 위의 못. 곧 해가 지는 서쪽 바다를 말한다.

24 박망후[博望] : 박망후는 장건(張騫)의 봉호(封號). 장건이 서역 대월지국(大月氏國)에 사신으로 가던 중 황하의 근원지를 밝히려고 뗏목을 타고 가다가 하늘 궁전에 이르러 견우(牽牛)와 직녀(織女)를 만나고 왔다는 이야기가 장화(張華)의 《박물지(博物志)》에 실려 있다.

25 맹생을 이미 알았으니 일찍이 단전을 삼켰고[孟生已識曾呑篆] : 한유가 젊었을 때 꿈에서 어떤 사람이 『丹篆』 한 권을 주면서 억지로 삼키게 하였는데 옆에서 한 사람이 손뼉을 치면서 웃고 있었다. 나중에 맹교를 알게 되고서 낯이 익어 생각해 보니 바로 꿈속에서 웃고 있던 옆 사람이었다고 한다.

강필[26]에 모두 놀라니 더욱 꽃송이를 토해 내네　江筆皆驚更吐葩
동도에서 만난 것은 실로 하늘이 도운 것이니　邂逅東都天實佑
바다 건너와 이제야 대방가[27]를 보는구나　出涯方見大方家

취허

처음 아름다운 모습을 뵈었는데 반갑게 맞아주시니 뛸 듯이 기쁜 마음에 거친 시나마 지어 창랑 홍공 앞에 올립니다
始接紫眉 旣蒙青眄 欣躍之深 謹呈俚詞以謝滄浪洪公詞案

먼 나라에서 어쩌자고 시로 친구 되었나　殊方何意作同盟
한번 만남에 천하고 속된 감정 모두 사라졌네　一見渾消鄙吝情
너무 맑으면 벗이 없다는 말을 믿지 못하겠으니　未信至淸無友語
오늘 그대 덕분에 더러워진 갓끈을 씻는다오　憑君此日濯塵纓

임술년 가을 8월, 순암 목정간 지음

26 강필(江筆) : 강필은 양(梁) 나라 때의 문장가인 강엄(江淹)의 붓이란 뜻이다. 강엄은 일찍이 뛰어난 문장으로 유명하였으나, 꿈속에서 곽박(郭璞)에게 오색 붓을 돌려준 뒤로는 그 재주가 잃어버렸다고 한다.

27 대방가(大方家) : 문장이나 학술의 대가를 말한다.

삼가 순암공이 보여주신 운에 차운하다
敬次順庵公辱示韻

시단 동맹 주도하는 맹주가 되었으니	騷壇牛耳擅宗盟
천년을 씻어 내린 백설의 정취로다	瀟洒千秋白雪情
봉황처럼 찬란하고 난새처럼 찬연한데다	燦若鳳凰鸞彩翻
비범함은 고삐 줄 풀어버린 천리마와 같구나	逸如騏驥脫長纓

임술년 중추에 창랑이 삼가 짓다

창랑 홍공 앞에 다시 올립니다
再呈滄浪洪公吟榻

참석한 시단이 오랜 모임처럼 친숙하고	新上騷壇似舊盟
오얏 던져 주옥을 받으니[28] 받은 정이 깊구나	李投瓊報荷深情
다행히 엄우[29] 따라 시화를 이었으니	幸從嚴羽繼詩話
고삐 줄 과시하는 헛된 영화 따윈 부럽지 않다오	不羡浮榮誇馬纓

순암 지음

28 오얏 던져 주옥을 받으니[李投瓊報] : 『시경(詩經)』 위풍(衛風) 모과(木瓜)의 "나에게 오얏을 보내 줌에, 주옥으로 보답하였네.[投我以木李 報之以瓊玖]"라는 말을 인용한 것으로, 자신의 시를 겸손하게 낮추고 상대방의 시를 칭송하는 비유이다.

29 엄우(嚴羽) : 송나라의 시론가(詩論家). 자는 의경(儀卿), 호는 창랑(滄浪). 저서에 『창랑집(滄浪集)』·『창랑시화(滄浪詩話)』가 있다.

순암 사백에게 올립니다
奉贈順庵詞伯

백가의 책 두루 찾아 아름다운 문장 맛보고	搜羅百氏咀英華
시단을 주도하여 절로 일가 이루었네	雄視騷壇自一家
공의 시 익숙하게 듣는 걸 괴이하다 마시길	莫怪公詩聞已熟
일찍이 그대 문하의 후파[30]를 알았다오	曾從門下識候芭

임술년 중추에 창랑이 삼가 짓다

창랑 사형에게 화답하여 올립니다
奉和滄浪詞兄

계림의 영걸 아름다운 문장을 마음대로 다루고	鷄林英傑擅文華
웅건한 필체는 일가를 이루었다 할 만하네	健筆可呼成作家
천년을 넘어 자운[31]공이 나타났으니	千載子雲公自在
태현경 전수받은 후파를 내 문하가 어찌 감당하겠소	吾門何耐大玄芭

순암 지음

30 후파(候芭) : 전한(前漢) 시대 양웅(揚雄)의 제자. 후파는 『태현경(太玄經)』과 『법언(法言)』을 전수받아 이를 후세에 전하였으며, 양웅이 죽은 뒤에 심상(心喪) 3년을 입었다. 여기에서는 목하순암의 제자 유천진택[柳川震澤 : 야나가와 신타쿠]을 비유하여 쓴 것이다.

31 자운(子雲) : 전한(前漢) 시대 양웅(揚雄)의 자(字)이다.

순암 사백에게 올리고 아울러 자리에 계신 여러분께도 보입니다
奉呈順庵詞伯 兼示座上諸君

산에는 기재[32] 많고 바다에는 주옥 많으니 山多杞梓海多珠
사물의 이치는 예로부터 속이는 법이 없구나 物理由來信不誣
자리에 가득한 제공들 모두 뛰어난 인재들이니 滿座諸公皆俊選
유명한 강도에 온 일 내 평생 얼마나 다행인지요 此生何幸入名都

창랑 지음

창랑 사장에 차운하여 사례합니다
次韻滄浪詞丈

만 섬의 야광주가 붓 끝에 있으니 毫端萬斛夜光珠
조선 손님의 큰 재주 누가 의심하리오 韓客宏才誰又誣
오경 같은 문장 짓고 시도 지어야 하리니 須爲五經賡鼓吹
이경에서 마친 다음 삼도가 또 기다리네[33] 二京賦了又三都

순암 지음

32 기재(杞梓) : 고리버들과 가래나무. 모두 유용한 재목이므로 우수한 인재를 비유하는 말이다.

33 이경에서 마친 다음 삼도가 또 기다리네[二京賦了又三都] : 이경(二京)은 동경(東京)과 경도(京都), 삼도(三都)는 대판(大坂)을 가리킨다.

우연히 시를 완성하여 창랑 사백의 호기(豪氣)를 일으키다
偶爾成章 鼓動滄浪詞伯豪氣

넓고 넓은 세상을 위 아래로 훑어보며　　磅礴乾坤俯仰中
장한 뜻 지닌 고인 생각이 무궁하리　　高人壯志思無窮
하수의 근원을 묻고자 하니 월지국 밖이요[34]　　河源欲問月支外
해 뜨는 골짜기에 손님 오니 일본의 동쪽이로다　　暘谷來賓日本東
예로부터 청구가 초택을 삼켰기에[35]　　自古青丘呑楚澤
지금까지 조선의 물에는 중화의 바람이 닿는다네　　至今鮮水接華風
구름과 안개 종이 삼고 바다를 벼루 삼아　　雲煙爲紙海爲硯
하늘의 붓으로 만 길 무지개를 높이 걸리라　　天筆高懸萬丈虹

순암 지음

---

34 하수의 근원을 묻고자 하니 월지국 밖이요[河源欲問月支外] : 한나라 박망후(博望侯) 장건(張騫)이 서역 대월지국(大月支國)에 사신으로 가는 길에 황하의 근원을 찾았는데, 이때 뗏목을 타고 달포를 지나 은하수 위로 올라가서 견우와 직녀를 만나고 왔다는 전설이 전한다.

35 청구가 초택을 삼켰기에[青丘呑楚澤] : 초택은 굴원(屈原)이 초 회왕(楚懷王)에게 버림받은 몸이 되어 멱라수(汨羅水)에 빠져 죽기 직전까지 배회하던 소상강(瀟湘江) 일대를 말한다. 여기에서는 일찍이 망한 고국(故國) 은(殷)나라를 떠나 조선에 정착했던 기자(箕子)를 굴원에 비유한 말인 듯하다. 따라서 청구가 초택을 삼켰다는 말은 조선이 기자의 교화를 받았다는 말이 된다.

순암 사장의 융숭한 대접에 감사하며 차운하다
次謝順菴詞丈盛眷

한번 보자 격의 없이 의기가 투합하여	一見忘形意氣中
마주하여 문장 논하니 흥취가 끝이 없네	論文促膝興無窮
배를 타고 멀리 개운 포구에서	乘槎遠自開雲口
왕명 받든 사신이[36] 석목 동쪽에 왔다네	拭玉今來析木東
손님 대접 극진하니 그대의 두터운 호의를 알겠고	愛客知君多厚誼
몽매함을 일깨우니 높은 풍모 마주함이 기쁘다네	擊蒙欣我挹高風
지금 취기에 기대어 다투어 붓을 휘두르니	當筵倚醉爭揮筆
대낮 푸른 하늘에 무지개가 찬란하네	白日青天爛彩虹

임술년 8월, 창랑이 삼가 짓다

개운(開雲)은 포구 이름인데, 부산 땅의 바다가 시작되는 곳이다.

9월 초4일 다시 여관에 도착하여 성취허(成翠虛)·이붕명(李鵬溟)[37]·홍창랑(洪滄浪) 등과 만나서 다음과 같이 창수(唱酬)하였다.

36 왕명 받든 사신[拭玉] : 봉명출사(奉命出使), 즉 왕명을 받들어 사신 감을 말한다.

37 이붕명(李鵬溟) : 이담령(李聃齡, 1652~?). 본관은 경주(慶州), 자 이노(耳老), 호는 붕명(鵬溟)·담주거사(潭洲居士)·반곡(盤谷)이다. 1682년 임술 사행 당시 서기로 참여하였다.

삼가 취허 성공과 창랑 홍공 앞에 올립니다
謹呈翠虛成公滄浪洪公案下

지난 번 빛나는 모습을 뵈었을 때 진심으로 맞이해주셨습니다. 생각해보면 저의 하찮은[38] 재주로 어찌 훌륭한 말씀의 무게를 감당하겠습니까? 고인(古人)은 '한 글자의 칭찬이 화곤(華袞)보다 영화롭다'[39]고 하였는데, 하물며 정성으로 지은 시를 여러 수 받고, 불꽃같은 문장의 여광(餘光)을 쬐는 저의 경우야 어떻겠습니까? 감격이 첩첩이 쌓였으니 어느 날인들 잊을 수 있겠습니까? 그러나 들리는 명성이 실제보다 지나친 것은 군자가 수치스러워하는 것이니, 안으로 성찰하고 부끄러워하며 용납되지 못할 듯해야 합니다. 문장을 살펴서 보답해야 함이 마땅하나 뜻하지 않게 아도(阿堵)[40]에 신경 쓰다 보니 붓 잡는 것을 결단하지 못하고 지금까지 지체하였습니다. 바라건대 대인(大人)의 넉넉한 도량으로 허물하지 말아주시기 바랍니다. 옛 사람의 말에 '백락(伯樂)이 돌아보니 노둔한 말 가격이 백배나 되었다'고 하였는데[41] 제가 이렇게

38 두소(斗筲) : 두(斗)는 열 되, 소(筲)는 대그릇 두 되들이로 모두 작은 그릇인데, 짧은 재주와 좁은 도량(度量)을 지닌 소인을 말한다.

39 한 글자의 칭찬이 화곤(華袞)보다 영화롭다[一字之褒 榮踰華袞] : 한 글자의 칭찬은 『춘추(春秋)』의 필법(筆法)이 인정한 영예를, 화곤(華袞)은 왕공과 귀족의 복장으로서 세속의 영예를 의미한다. 진(晉)나라 범녕(范寧)의 춘추곡량전서(春秋穀梁傳序)에, "한 글자의 포상이 화곤을 받는 것보다도 영광스러웠고, 한마디의 폄하가 시장에서 맞는 회초리보다도 욕스러웠다[一字之褒 寵逾華袞之贈 一言之貶 辱過市朝之撻]"라는 말이 나온다.

40 아도(阿堵) : 눈동자. 진(晉)나라 고개지(顧愷之)가 그림을 그릴 때마다 아름답거나 추한[妍媸] 형식미보다는 오직 내면의 정신이 깃든 눈동자[阿堵]에 관심을 집중했다는 고사가 있다. 『진서(晉書)』 권92, 「고개지전(顧愷之列傳)」.

기이한 복을 얻었으니 얼마나 다행입니까? 기쁜[42] 마음을 말씀드리지 않을 수 없어서 아래에 시 한 수를 지어 두터운 호의에 감사드립니다. 득롱망촉[得隴望蜀][43]이라 하였으니 감히 화운시를 바라옵니다.

맑은 향기 거듭 뵈니 너무도 상쾌하고	重挹淸芬最快哉
풍류 있는 선비의 모습 절로 티끌 없구나	風流儒雅自無埃
계림의 노래 한 번 울리니 모두 놀라	一鳴俱驚鷄林唱
접역[44]의 인재를 만인이 주목하네	萬目比看鰈域才
나를 격려하는 새 친구에 깊이 감사하며	深感新知推轂我
치기어린 예전 학문 더욱 부끄럽네	更慙舊學倒繃孩
올해 바다는 풍랑이 없을 테니	今年海上怙無浪
그대 부디 조심해서 쉬이 돌아가시길	珍重行人容易回

임술년 늦가을 상순에 순암 목정간 지음

41 백락(伯樂) : 춘추 시대 진 목공(秦穆公) 때 준마를 잘 감별하기로 유명했던 손양(孫陽)의 별명이다. "준마를 팔기 위해 사흘간 시장에 내놓았지만 아무도 거들떠보지 않더니, 백락이 한 번 돌아보자 하루아침에 그 말의 값이 열 배나 뛰어올랐다"라는 내용이 『전국책(戰國策)』 「연책(燕策) 2」에 나온다.

42 부조(鳧藻) : 오리가 수초 속에서 노는 것을 이르는데, 기뻐하거나 즐거워하는 것을 비유한 말이다.

43 득롱망촉(得隴望蜀) : 농(隴)나라를 얻고 나니 촉(蜀)나라를 갖고 싶다는 뜻으로, 인간의 욕심이 한이 없음을 뜻한다.

44 접역(鰈域) : 가자미가 나는 바다 근처 지역이라는 뜻으로, 조선을 가리킨다.

삼가 순암 사백이 보여준 운에 따라 짓다 謹步順菴詞伯示韻

제가 서경(西京)에 왔을 때 진택(震澤) 공을 만나 비로소 존공의 박학한 학문과 고아한 성품에 대해 알게 되어, 한 번 만나 뵙고 싶었습니다. 동경(東京)에 들어와 많은 사람들이 모인 자리에서 공의 학식과 문예가 너무도 뛰어나 나라 안에 비할 선비가 없다는 말을 여러 차례 들었습니다. 저번에 화관(華館)에서 뵈었을 때, 비록 오랜 시간은 아니었지만 한 번 보고도 오총귀(五總龜)[45]와 육경의 서고 같은 기상이 있는 것을 알았습니다. 또한 수창을 거듭하면서 안에서 온축되어 밖으로 드러난 문채를 볼 수 있었으니, 회남왕(淮南王)이 이른바 "고기 한 점을 맛보고 솥 안에 있는 음식의 맛을 알았다"[46]는 것을 어찌 믿지 않을 수 있겠습니까?

그런데 근래에 꽤 오랫동안 만나지 못하여 마음속에 떠오르는 생각을 주체하지 못하던 차에 이렇게 거듭 여관에 왕림하여 다시 짧은 서(序)를 보여 주셨습니다. 근체시 한 수는 문장이 천리에 걸친 안개와 같아서 신기루 속에 교룡이 파도를 헤치고 공중에 날아오는 듯 합니다. 시는 바다 사람이 암굴 속에서 산호를 채취하는 것과 같음을 알겠으니, 아! 또한 기이합니다.

---

45 오총귀(五總龜) : 천년 묵은 거북을 오총귀(五總龜)라 부르는데, 박학다식함을 비유한 말이다.

46 고기 한 점을 …… 맛을 알았다 : 『여씨춘추(呂氏春秋)』에 나오는 말이다. 원문은 "嘗一臠之肉 而知一鼎之味"이다.

지금 서쪽으로 돌아갈 때를 앞두고 이별이 가까이 있으니, 피차 간에 슬픈 감정이야 어찌 다르겠습니까? 이에 그 마음의 대략을 아래와 같이 적어 봅니다. 유진택(柳震澤)도 홍창랑의 시에 차운하여 이별의 말을 소매 속에 넣어 와 주었으니, 그 사제 간에 사람을 대하는 정성이 시종일관 믿음직스럽고 간절하기가 이와 같습니다. 거친 글이나마 지어 이에 보답하고자 합니다.

얼굴을 거듭 보니 기상이 웅장하고 重瞻眉宇氣雄哉
맑은 시편 읽으니 한 점 티끌 씻어내네 更讀淸篇洗點埃
큰 재주는 연국공[47]의 말임에 놀라고 大手已驚燕國語
뛰어난 문장은 오봉루[48]의 재주가 생각나네 弘文尙想鳳樓才
위로는 재상 관중의 드높은 명예 계승하고 仰承管相揚芳譽
아래로는 조경[49]을 아이처럼 누르네 俯壓晁卿等少孩
온화한 대화 끝내기도 전에 이별을 고하려니 軟語未終將告別
돌아가는 기러기에 편지 부치기도 어렵겠네 尺書難付鴈奴回

임술년 늦가을, 취허

47 연국공(燕國公) : 당 현종 때의 명신이자 문장가인 연국공(燕國公) 장열(張說)을 말한다.

48 오봉루(五鳳樓) : 양(梁) 태조(太祖)가 낙양(洛陽)에 세운 누각의 이름. 이 누각은 매우 고대(高大)하기로 유명하였는데, 여기에서는 큰 문장의 솜씨를 오봉루의 건축에 비유한 것이다.

49 조경(晁卿) : 당(唐) 현종(玄宗) 때 비서감(祕書監)을 지낸 일본인 아베 나까마로[阿倍仲麿 : 698~770]. 조형(朝衡) 혹은 조경(晁卿)으로도 불렸다. 영귀(靈龜) 2년(716)에 당나라에 들어가 중화(中華)를 사모하였고, 이백(李白)·왕유(王維)·포길(包佶)과 서로 벗하였다.

순암 사백에게 감사하며 차운하다
次謝順菴詞伯

나를 알아주는 즐거움 세상에서 제일이니	人世忝知莫樂哉
옥병 같은 모습에 티끌조차 없구나	玉壺相對絶纖埃
부평초의 우연한 만남 진실로 천행이니	萍蓬偶合眞天幸
사제 모두 어질고 세상없는 재주 가졌네	師弟俱賢不俗才
옛 현인 지향하나 뒷걸음질 치게 되니	欲向前修退步武
속류배들 아이로 보임을 알겠구나	定知流輩視嬰孩
자주 와 안부 물으니 얼마나 다행인지	客中何幸頻來訊
담소하며 주저하다 돌아가기를 잊었네	談笑留連且莫回

임술년 9월에 창랑이 붓을 달려 쓰다

저의 시 중에 지(知)자와 행(幸)자를 범(犯)한 곳이 있습니다. 그러나 옛 사람이 두 자만 범한 것은 그대로 쓴 사례가 많아서 감히 썼습니다. /창랑(滄浪).

순암께 감사하며 올립니다
奉謝順菴案下

예전에 서경에 머물 때	昔在西京日
문필로 이름난 그대 명성 들었네	聞君翰墨名

반가운 눈빛으로 오늘에야 만났으니	靑眸今邂逅
새로운 정에 기대어 시 짓고 술 마시네	詩酒托新情

임술년 가을에 반곡이 받들어 짓다

반곡 이공 앞에 화답하여 올립니다

和奉盤谷李公詞壇

풍모가 세속을 벗어난 듯	風標塵俗外
평소에 들었던 명성과 똑같구나	最慊素聞名
주옥같은 시구를 다행이도 얻었으니	幸得瓊瑤句
친밀한 정이 너무도 기쁘구나	深欣膠漆情

유강(柳剛)이 서경에서 와 성대한 덕이 바다처럼 넓다는 것을 자세하게 말하여 뵙고 싶은 마음이 간절하였습니다. 지금 다행히 고상한 풍모를 뵈었는데, 아름다운 시까지 들려주시어 기름진 맛과 향기를 맛보게 해주시니 기쁘기 한량없습니다.

임술년 늦가을 상순에 순암 목정간 지음

삼가 붕명 이공 앞에 올립니다
謹呈鵬溟李公案下

이태백의 재주를 누구와 논하랴　　太白仙才誰共論
시를 짓자 붕새 날개 하늘문을 가리네　　賦成鵬翼掩天門
한 말 술에 백편 시를 호탕하게 읊는 손님　　百篇一斗豪吟客
천 년 전의 대아[50]가 지금도 남아있네　　大雅千年今又存

임술년 늦가을에 순암 지음

순암께 감사하며 화답하다
和謝順菴詞案

분분한 여러 사람 논할 것도 없는데　　諸子紛紛不足論
적지 않은 영재가 그대 문하이네　　英才多少出君門
그 중에도 유진택이 첫손에 꼽히는데　　其間震澤宜先數
서경에서 찾아보면 얼마나 더 있을까　　搜人西京幾箇存

임술년 가을 상순에 반곡 올림

유진택의 시를 보니 그 음조가 맑고 높아서 파인하리(巴人下里)[51]가

---

50 대아(大雅) : 『시경(詩經)』 육의(六義)의 하나로, 정악(正樂)의 노래를 말한다.

51 파인하리(巴人下里) : 초나라의 민간에서 유행하던 노래. 일반적으로 수준이 낮음 시문을 비유하는 말이다.

미칠 수 있는 것이 아닙니다. 지금 공의 시가 빼어난 것을 보니 진택이 문하가 된 것이 헛된 일이 아니었습니다. /반곡

옛 사람은 시를 가지고 세상을 볼 수도 있었고, 사람들과 어울릴 수도 있었습니다.[52] 그래서 춘추 시대 열국(列國)이 교제할 때에는 반드시 시를 지어서 뜻을 보였습니다. 후세의 시야 아송(雅頌)[53]의 음에 비하면 어찌 하늘과 땅 같이 엄청난 차이가 있을 뿐이겠습니까? 그러나 그 뜻을 보고 우호를 통하는 것은 오늘날이나 옛날이나 모두 같습니다. 그대의 생각은 어떨지 모르겠습니다. /순암

시(詩)에는 고금(古今)이 없지요. /반곡

저와 그대는 만 리 밖 다른 나라에서 태어났는데도 지금 이처럼 창수(唱酬)하고 있으니 진실로 천년에 한번 있을 기회입니다. 이로써 두 나라의 정을 통하고 우호를 맺을 수 있는데, 시가 고인에게 미치지 못한다 하여 무슨 해가 되겠습니까? /창랑(滄浪)

52 시를 가지고 …… 어울릴 수도 있었습니다 : 공자가 제자들에게 시의 효용에 대해 말하면서, "너희들은 어찌하여 시를 배우지 않느냐? 시는 의지를 흥기시키며, 시정(時政)을 관찰할 수 있게 하며, 사람들과 어울리게 하며, 화를 내지 않고도 원망할 수 있게 하며, 가까이는 아비에게 효도하고 멀리는 임금에게 충성하며, 새와 짐승과 초목의 이름을 많이 알게 한다.[小子何莫學夫詩 詩 可以興 可以觀 可以群 可以怨 邇之事父 遠之事君 多識於鳥獸草木之名]"고 한 데서 나온 말이다. 『논어(論語)』 양화(陽貨).

53 아송(雅頌) : 『시경(詩經)』에 들어 있는 '아'와 '송'. '아'는 정악(正樂)이고 '송'은 조상(祖上)의 공덕(功德)을 기리는 노래이다.

병이 있어서 인사하고 물러나려 합니다. 어떻게 하면 다시 만나 뵐 수 있겠습니까? /반곡

우선 훗날을 기약하겠습니다. /순암

삼가 신재 안공[54] 앞에 올립니다
謹呈愼齋安公吟榻

동쪽 바닷가에서 신선 손님 만났는데　仙客相逢東海濱
맑은 풍모 상쾌하니 현진[55]을 품고 있네　清標瀟洒抱玄眞
오이만한 대추[56]를 다시 물어선 안 되리니　不須更問如瓜棗
시의 맛과 도의 풍성함이 배부르게 하는구나　詩味道腴能飽人

임술년 늦가을, 순암 목정간 지음

54 안신휘(安愼徽, 1640~?) : 본관은 순흥(順興), 자 백륜(伯倫), 1662년 증광시 역과 합격. 1682년 임술 사행 당시 상판사(上判事)로 참여하였다.

55 현진(玄眞) : 도가에서 옥을 이르는 말로, 옥을 먹으면 장생불사하고 신선이 된다고 한다.

56 오이만한 대추[如瓜棗] : 안기생(安期生)은 진(秦) 나라 사람으로 동해 가에서 약을 팔았는데, 진시황(秦始皇)에게 "수십 년 뒤에 봉래산에 와서 나를 찾으십시오." 하고 갔다고 한다. 이후 한 무제(漢武帝) 때 방사(方士) 소군(少君)이 무제에게 말하기를 "신이 일찍이 바다에서 노닐면서 신선 안기생을 만나 보았는데, 그는 크기가 오이만한 대추를 먹고 있었습니다."고 했던 데서 온 말이다. 『史記』 卷28, 封禪書.

보여주신 운에 화답하여 순암 사백의 맑은 재주 앞에 올립니다
奉和寵示韻 錄呈順菴詞伯静才

해동 바닷가에 문곡성이 빛나니	文星璨璨海東濱
골격과 풍류에 뜻 또한 진실되네	骨格風流意更眞
뉘 생각했으랴 평생의 산수곡	誰料平生山水曲
감상하는 이가 이국 땅에 있을 줄[57]	異邦還有賞音人

일찍이 삽계(霅溪)[58]를 통하여 높은 명성을 익히 듣고 만나 뵙기를 간절히 바랐는데 지난 번 맑은 모습을 두 번이나 뵙고도 마음속 회포를 다 토해내지 못하였습니다. 비록 번거로운 일들이 많았던 탓이긴 합니다만 서운한 마음은 이루 다 할 수 없었습니다. 지금 먼 길을 떠날 때가 되었는데 이별을 나눌 방법이 없으니 이 회포를 어찌해야 할지요? 이제 조잡한 말로 청람(淸覽)을 어지럽히려 하니, 식은땀이 나는 것을 감당하지 못하겠습니다. 부족하나마 한 번 웃고 말아주십시오.

임술년 중양절(重陽節)[59] 이틀 후에, 신재 안백륜[60]이 삼가 짓다

57 평생의 산수곡 …… 이국 땅에 있을 줄 : 산수곡은 백아(伯牙)의 아름다운 악곡(樂曲)인데, 백아가 높은 산을 생각하면서 거문고를 타면 종자기(鍾子期)는 이를 듣고 높기가 태산(泰山) 같다 하였고, 흘러가는 물을 생각하면서 타면 드넓기가 강하(江河)와 같다고 하였다는 고사가 있다. 따라서 이 구절은 이국인 일본에서 종자기와 같이 마음이 통하는 벗을 만났음을 비유한 것이다.

58 삽계(霅溪) : 유진택(柳震澤)의 호.

59 중양절(重陽節) : 음력(陰曆) 9월 9일.

60 안백륜(安伯倫) : 상판사(上判事) 안신휘를 가리킨다. 백륜(伯倫)은 그의 자이다.

대마도 종 태수의 석상에서 조선국 세 사신을 뵙고, 정사 동산 윤공[61]에게 올립니다
宗大守席上謁朝鮮國三官使 奉呈正使東山尹公

통신의 폐백례 마치고 수레 몰아 돌아오니	信幣禮成軺馭還
비단 같은 서리 단풍 말안장을 비추네	霜楓如錦照鞍韉
태사의 교화 요동에 오래고	太師敎化遼東舊
이부의 문장[62] 해외에 전해졌네	吏部文章海外傳
대아라 때때로 길보의 노래[63] 들었고	大雅時聞吉甫頌
순정한 유자라 오랫동안 언명[64]의 어짊 우러렀네	醇儒久仰彦明賢
부러워라 그대 한 번 창생 위해 일어나	羡君一爲蒼生起
부상 향한 만 리 배에 다시 오른 것이	復駕扶桑萬里船

임술년 늦가을 초7일, 순암 목정간 삼가 지음

61 동산(東山) : 윤지완(尹趾完, 1635~1718)의 호. 본관은 파평(坡平). 자는 숙린(叔麟). 숙종대의 소론 탕평파 대신이었으며, 숙종의 묘정에 배향되었고, 시호는 충정(忠正)이다. 1682년 임술 사행 당시의 정사(正使)이다.

62 이부의 문장[吏部文章] : 이부시랑(吏部侍郎)을 지낸 한유(韓愈)를 말한다.

63 길보의 노래[吉甫頌] : 윤길보(尹吉甫)가 주 선왕(周宣王)의 현신(賢臣)인 중산보(仲山甫)를 칭송하여 지은 「청풍시(淸風詩)」를 말한다. 『시경(詩經)』 대아(大雅) 증민(烝民)에 "나 윤길보 노래 지어 불렀으니, 조화되게 하는 것이 청풍과 같네. 깊은 시름에 잠긴 우리 중산보여, 이 노래로 그 마음 위로받기를[吉甫作誦 穆如淸風 仲山甫永懷 以慰其心]"이라는 구절이 나온다.

64 언명(彦明) : 윤돈(尹焞, 1071~1142)의 자. 호는 화정(和靖)이며 정이(程頤)에게 수학하였다. 내성함양(內省涵養)을 중시하였고 선학(禪學)으로부터 학문의 '순정함'을 지키기 위해 노력하였다. 저서에 『논어해(論語解)』, 『맹자해(孟子解)』, 『화정집』 등이 있다.

부사 노호[65] 이공에게 올립니다
奉呈副使鷺湖李公

사신배 멀리서 큰 바다 건너오니	遠泛星槎度大瀛
당당한 풍채에 세상 모두 놀라네	堂堂風裁世俱驚
호기로운 적선[66]은 하늘이 낸 비상한 재주요	謫仙豪氣天才異
빙호 같은 문정공[67]은 땅의 맑은 행보라네	文靖氷壺地步淸
아홉 유파[68] 결국 학문의 바다로 돌아옴 알면서도	定識九流歸學海
오히려 시를 지어 백치의 성[69] 쌓기만 생각하네	猶思百雉築詩城
오늘 용문에서 만나 뵙고	龍門此日蒙容接
다행히 붓을 빌어 서로의 정을 전하네	幸賴毛生通兩情

65 노호(鷺湖) : 부사(副使) 이언강(李彦綱, 1648~1716)의 호. 본관은 전주(全州), 자는 계심(季心), 시호는 정효(貞孝)이다.

66 적선(謫仙) : 인간 세상에 귀양 온 신선이란 뜻으로 시인(詩人) 이백(李白)을 말한다.

67 빙호같은 문정공[文靖氷壺] : 송(宋) 나라 도학자 이동(李侗, 1093~1163). 자는 원중(愿中), 호는 연평(延平)이고, 시호는 문정(文靖)이며, 주희(朱熹)의 스승이다.『송사(宋史)』권428에 "등적(鄧迪)이 일찍이 주송(朱松 : 주희의 부친)에게 말하기를 '원중은 빙호추월(氷壺秋月)과 같이 한 점 티도 없이 맑게 비치니 우리가 따라갈 수 없다' 하였다"라는 데서 나온 말이다.

68 아홉 유파[九流] : 선진(先秦) 시대의 9개 학파로, 유가(儒家)·도가(道家)·음양가(陰陽家)·법가(法家)·명가(名家)·묵가(墨家)·종횡가(縱橫家)·잡가(雜家)·농가(農家)를 가리킨다.

69 백치(百雉)의 성(城) : 길이가 300장(丈)이 되는 성을 가리키는데, 춘추 시대 제후국(諸侯國)에서 도성(都城)을 이런 규모로 성을 쌓았다.

종사관 죽암[70] 박공에게 올립니다
奉呈從事官竹菴朴公

천 개의 옥을 세워 속세 티끌 끊어내고	玉立千竿絶俗埃
풍모를 우러르니 기꺼이 마음 열어주네	向風靑眼好懷開
지금 구름 위로 푸른 용이 날아오르니	凌雲方見蒼龍起
열매가 맺히면 오색 봉황[71] 찾아오리라	結實行期彩鳳來
기수 가에는 군자의 덕 아름답고[72]	淇澳猗猗君子德
초나라 연회에는[73] 인재가 가득하네	楚筵秩秩席珍才
신선 범부 고당에서 만남을 막을 수 없는데	仙凡不阻高堂會
하물며 시담으로 흥취까지 돋움에랴	況又詩談逸興催

70 죽암(竹菴) : 종사관 박경후(朴慶後, 1644~1706)의 호. 본관은 함양(咸陽). 자는 휴경(休卿)이며, 호는 죽암(竹菴) 외에도 취옹(醉翁)·만오(晩悟)라고도 한다.

71 열매가 맺히면 오색 봉황 찾아오리라[結實行期彩鳳來] : 봉황은 암수가 사이좋게 오동나무에 살면서 예천(醴川)을 마시고 대나무 열매를 먹는다고 전해진다. 또한 오색의 깃털을 지니고, 울음소리는 5음(音)의 음색을 낸다고 한다.

72 기수 가에는 군자의 덕 아름답고[淇澳猗猗君子德] : 위 무공의 높은 덕을 기린 노래 구절이다. 『시경(詩經)』 위풍(衛風) 기욱(淇澳)에, "저 기수의 후미진 곳을 보니, 푸른 대나무가 아름답도다[瞻彼淇澳 綠竹猗猗]"라는 구절을 인용한 것이다.

73 초연(楚筵) : 초 원왕(楚元王)이 노(魯)의 목생(穆生)·백생(白生)·신공(申公) 등 인재들을 아껴 항상 주연(酒宴)을 베풀고 후대한 것을 인용한 구절이다.

학산[74]의 운을 써서 죽암공이 보여주신 시에 감사하며 올립니다
用鶴山韻 奉謝竹菴公辱示

큰 덕과 웅장한 재주에 의기도 많으니 碩德雄才意氣多
문장 근원 잔물결에 젖어듦이 기쁘구나 詞源先喜沐餘波
파인곡 조곡[75]으로 은혜에 보답하려 함은 欲將巴㸌答恩眷
백설가[76]의 높은 격조 답하기 어려워서라네 高調難賡白雪歌

순암 목정간 지음

그저께 대마도 태수가 집에서 베푼 연회에 갔을 때 순암(順菴) 목(木) 학사(學士)를 처음 만났는데 실로 오래 전부터 알던 이를 만난 것 같이 즐거웠습니다. 저에게 율시 한 수를 주셨는데, 잠깐 보았을 뿐인데도 입안에 상쾌한 기운이 도는듯하여 공경하는 마음을 이루 다 할 수 없었습니다. 그러나 밤이 깊어서 급히 돌아와야 한다는 생각에 미처 화답하는 시를 올리지 못하고 지금 비로소 이어서 올립니다.

시장에서 백전[77]으로 이기고 돌아온 일 몇 번인가 白戰騷場幾凱還

74 학산(鶴山) : 9월 7일 대마도주의 연회에 목하순암과 함께 참석하여 조선 사신단을 만났던 히토미 가쿠잔[人見鶴山, 1637~1686]을 가리킨다.

75 조곡[㸌] : 중국 사천성 일대의 가무(歌舞)인데, 흔히 남방 오랑캐[蠻人]의 가곡을 가리킨다.

76 백설가(白雪歌) : 옛 초나라의 고아(高雅)한 가곡 이름이다.

77 백전(白戰) : 무기를 손에 쥐지 않고 맨손으로 싸운다는 뜻으로, 시제에 흔히 쓰이는 글자의 사용을 금한 채 시재(詩才)를 겨루는 것을 백병전에 비유한 것이다.

일찍부터 부들 언치 덮은 소 등 타고 책 읽었네[78] 早從牛背讀蒲韉
붓끝으로 묵 희롱해 천 사람을 쓸어내니 毫端弄墨千人掃
영 땅의 새 시가 만인에게 전해졌네 郢裏新篇萬口傳
젊은 날 명성으로 한림원에 추대되고 少日聲名推內翰
늙어서는 문장으로 뭇 현인을 압도하네 暮年詞賦壓羣賢
이별할 때 은근히 따로 시를 주셨으니 慇懃別有臨岐贈
주옥같은 시 넘치도록 나그네 배에 실으리라 剩得瓊瑤載客船

임술년 중양절, 동산(東山) 지음

순암이 주신 시에 차운하여 화답합니다

奉酬順庵贈示韻

순암의 명성과 영예 동쪽 바다에 가득 찼고 順庵聲譽滿東瀛
붓 휘둘러 지은 문장 좌중 모두 놀라하네 落筆文章四座驚
외모야 서리 맞은 대처럼 여위었어도 貌似霜筠偏帶瘦
기상은 가을 색과 청아함을 다투려 하네 氣將秋色欲爭淸
영곡[79]에 파창[80] 답이 너무도 부끄러워 多慚郢曲酬巴唱

78 일찍부터 …… 책을 읽었네[早從牛背讀蒲韉] : 당(唐)의 이밀(李密)이 구산(緱山)에 있는 포개(包愷)를 찾아갈 때 부들 언치를 깐 소를 타고 가면서 쇠뿔에다 『한서(漢書)』 한 질(帙)을 걸어 둔 채 한 손으로는 고삐를 잡고 한 손으로는 책장을 넘기며 책을 읽었다는 고사를 인용한 것이다. 『新唐書』 卷84, 「李密列傳」.

79 영곡(郢曲) : 백설가(白雪歌)와 같이 고상한 시를 말한다.

80 파창(巴唱) : 초나라의 민간에서 유행하던 저급한 노래를 말한다. 파인하리(巴人下里), 파곡(巴曲)이라고도 한다.

이별노래 참으면서 위성곡[81]을 듣는다네　更耐離歌聽渭城
한 번 이별하면 멀리 떨어져 다시 만나기 어려우니　一別參商難重會
이국땅을 돌아보며 모두 가슴 아파 하네　異鄕回首各傷情

임술년 9월, 노호 지음

순암이 주신 시에 차운하여 올립니다
奉次順庵辱示韻

동산 숲 깨끗하니 티끌조차 없어서　園林蕭灑淨無埃
나그네 품은 마음 잠시 펴게 되는구나　客裏羈懷許暫開
이역의 계절은 가을 이미 깊었는데　異域光陰秋已晩
고향 소식 기러기가 처음 가져 오는구나　故鄕消息鴈初來
국화꽃 핀 중양절도 심상하기만 하더니　黃花謾對重陽節
푸른 옷의 한 시대 재주 만난 것은 기쁘구나　靑服忻逢一代才
존경하는 이와 담소하니 잠시나마 흥이 일어　譚笑尊前須臾興
내일 갈 길 재촉해도 참을 만하구나　可堪明日驛程催

임술년 늦가을, 죽암

81 위성곡(渭城曲) : 위성(渭城)에서 친구를 송별하며 읊은 왕유(王維)의 「위성곡」을 말하는데, 이 곡이 악부(樂府)에 편입되면서는 송별할 때 부르는 노래나 시의 대명사가 되었다.

함부로 파곡[82]을 짓고 양관곡[83]을 대신하여 취허 성공 앞에 올리니, 부족하나마 그리움의 정을 시에 담아 보입니다
謾唱巴曲 以代陽關 奉呈翠虛成公案下 眷眷之情 少見于詞

이별의 한 말하려니 더더욱 슬퍼져　欲言別恨轉堪哀
편지 오는 대로 펴보기로 기약하네　書信先期次第開
밤마다 바닷물은 달을 따라 이르고　夜夜海湖隨月至
해마다 구름 속 기러기 서리 맞고 날겠지　年年雲鴈帶霜飛

붕명 이공 앞에 이별하며 올립니다
奉別鵬溟李公吟壇

구름 같은 날개를 펴 남북으로 날아서　雲翼圖南又北飛
구만 리를 솟구쳐 가을 좇아 돌아가네　扶搖九萬逐秋歸
물결 헤치며 삼천 리 갈 길 생각하니　更思水擊三千里
바다 기운 산 바람에 서리 옷깃 가득하네　海氣山風霜滿衣

임술년 늦가을 순암 지음

82 파곡(巴曲) : 초나라의 민간에서 유행하던 속된 노래인 파인하리(巴人下里)를 말하는데, 일반적으로 세속적인 음악을 뜻한다.

83 양관곡(陽關曲) : 왕유(王維) 「위성곡」의 별칭.

창랑 홍공을 전송하며 올립니다
奉送滄浪洪公詞案

먼 길 떠나며 마음은 넘치는 술잔에 머무는데	長路關心酒滿觴
구름 산 안개 바다 늦가을 서리 내렸네	雲山煙水九秋霜
그대 집엔 본디 용재[84]의 붓 있으니	君家自有洪齋筆
온갖 당시가 비단 주머니 비추리라	萬首唐詩照錦囊

임술년 늦가을 순암 지음

84 용재(容齋) : 남송 때 문장가 홍매(洪邁, 1123~1202)의 호이다.

木下順菴稿

天和貳年，朝鮮國通信使來聘，八月卄一日到江府。卄六日余赴本誓寺寓館，會學士成翠虛、軍官洪滄浪，詩篇贈答。凡若干首，錄之左方。

天南地北，水陸萬里，經夏渡秋，冒暑衝瘴，賢勞辛勒，更僕何罄？幸是今年，風雨時若，海波不揚，舟楫之利涉，車馬之載馳，乘危過險，事不失素，愷悌之君子，神之所扶。豈只使華之榮？實惟兩國之慶，至祝。壬戌之秋，八月 下浣，順菴 木貞軒。

卽對雅範，知其大人君子人也，第邦音不通，只自目擊而已。今承先訊之鄭重，且慰不佞之跋涉，書意縷縷，有同十年前故舊，感戢無巳。此誠由於兩國敦修之力。獲覩長德之陶儀，寔可幸也。翠虛。

行到西京之日，意表獲見尊公之門下士震澤公館，聞尊公之學識文詞之冠乎一世，願欲一次望履矣。不料玆者，過聞虛名，先爲枉訪於客館。雖是初無一日之雅，一見已知其鉅德宏識。遊於藝之氣像，深幸幸，而當俟從容，以筆代舌。略陳梗槩，丕計爾。壬戌仲秋，翠虛。

誠如所教，在西京日，見柳震澤，乃文章士也。弟子若是，其師可知，使人起敬。滄浪。

弊門人柳剛，過蒙稱譽，感佩實深。如不肖，箕斗虛名，謬洿高聽，慙悚何言? 敬綴下里一章, 以呈翠虛公吟壇。

文星快覩海雲東, 玉色溫溫君子風。毛穎千年舌猶在, 靈犀一点意先通。

壬戌仲秋下浣, 木貞幹稿。

博學宏才冠日東, 青眸開處揖高風。邦人定服賢師第, 洙泗淵源萬古通。

翠虛。

《重用前韻 奉呈翠虛詞宗案下》

文旆悠悠道暫東, 穆如大雅仰淸風。鷄林壁水群英會, 洙泗今看一泒通。

順庵稿。

《奉呈順庵案右》

今逢德秀紫芝眉, 文彩風流擅一時。湛然方寸欣相照, 宜唱騷壇萬首詩。

海月翁又稿。

《和答翠虛詞伯》

文談筆語各揚眉, 情洽高堂相對時。析木扶桑三萬里, 錦囊收拾入淸詩。

順庵。

《奉呈順庵詞丈 兼示諸賢》

聞說江都地理雄, 群才大振古人風。琳瑯玉樹交輝處, 白雲高韻動碧空。

翠虛。

《重次瓊韻 謝翠虛詞兄》

浩浩詞源韓客雄，一時同見兩邦風。預期別後通音信，先指雲鳴望遠空。

順庵 木貞幹。

《卒賦一律 奉呈翠虛成公棐下》

卓犖高標拳彩霞，英才況又玉無瑕。登科早折三秋桂，隨使遙浮八月槎。筆下談論通地脈，胸中萍思吐天葩。相逢何恨方言異，四海斯文自一家。

順庵具艸。

《謹步順庵示韻却寄》

妙年奇思鬱青霞，楚璧從知欠点瑕。影拂咸池千疊浪，身隨博望一靈槎。孟生已識曾呑篆，江筆皆驚更吐葩。邂逅東都天實佑，出涯方見大方家。

翠虛。

《始接紫眉 既蒙青眄 欣躍之深 謹呈俚詞 以謝滄浪洪公詞案》

殊方何意作同盟，一見渾消鄙吝情。未信至淸無友語，憑君此日濯塵纓。

壬戌秋八月，順庵 木貞幹稿。

《敬次順庵公辱示韻》

騷壇牛耳擅宗盟，瀟洒千秋白雪情。燦若鳳凰鸞彩翮，逸如騏驥脫長纓。

壬戌仲秋, 滄浪謹稿。

《再呈滄浪洪公吟榻》

新上騷壇似舊盟, 李投瓊報荷深情。華從嚴羽繼詩話, 不羡浮榮誇馬纓。

順庵稿。

《奉贈順庵詞伯》

搜羅百氏咀英華, 雄視騷壇自一家。莫怪公詩聞已熟, 曾從門下識侯芭。

壬戌仲秋, 滄浪謹稿。

《奉和滄浪詞兄》

鷄林英傑壇文華, 健筆可呼成作家。千載子雲公自在, 吾門何耐《大玄》芭。

順庵稿。

《奉呈順庵詞伯 兼示席上諸名士》

山多杞梓海多珠, 物理由來信不誣。滿座諸公皆俊選, 此生何幸入名都。

滄浪稿。

《次謝滄浪詞丈》

毫端萬斛夜光珠, 韓客宏才誰又誣。須爲五經賡鼓吹, 二京賦了又三都。

順庵艸。

《偶爾成章 鼓動滄浪詞伯豪氣》

磅礴乾坤俯仰中，高人壯志思無窮。河源欲問月支外，暘谷未賓日本東。自古青丘呑楚澤，至今鮮水接華風。雲煙爲紙海爲硯，天筆高懸萬丈虹。

順庵稿。

《次謝順菴詞丈盛眷》

一見忘形意氣中，論文促膝興無窮。乘槎遠自開雲口，拭玉今來折木東。愛客知君多厚誼，擊蒙欣我挹高風。當筵倚醉爭揮筆，白日青天爛彩虹。

壬戌仲秋，滄浪謹稿。

開雲，浦名，釜山地開洋處也。

九月初四日，重到旅館，与成翠虛、李鵬溟、洪滄浪，會昭唱酬如左。

《謹呈翠虛成公、滄浪洪公案下》

辱奉光範，謬蒙允容。顧夫斗筲之器，何任鼎言之重？古人“一字之褒，榮踰華衮”，而況承數詩之深款，而照文焰之餘光乎？感激稠疊，何日忘之？雖然，聲聞過情，君子之所耻，內省恧怩，若無所容。嗣當候於文幌，以致謝悰，不意阿堵爲祟，不決把筆，遷延至今。冀大人之汪度，容之勿罪。昔人有言，“伯樂所顧，駑馬百倍”，不肖何幸獲此奇福也？裊藻之懷，不可不言，故致一律於左右，以謝厚眷。得隴望蜀，敢祈斤和。

重挹清芬最快哉，風流儒雅自無埃。一鳴俱驚鷄林唱，萬目比看鰈域才。深感新知推轂我，更慙舊學倒绷孩。今年海上怙無浪，珍重行人容易回。

壬戌季秋上浣，順菴 木貞幹稿。

《謹步順菴詞伯示韻》

不佞自入西京, 邂逅震澤公, 始知尊公之博雅, 欲一面剖素矣。入東京, 稠人廣坐之中, 益聞公之學識及游藝不世出, 國士之無雙也。頃於華館一晤, 雖無竟晷之程, 一見知其五總龜、六經庫之氣像也。又申之以酬唱之際, 足見內蘊外發之文采, 淮南所謂“嘗一臠 而知一鼎之味”, 豈不信哉?

近者睽離稍闊, 鄙蔺方寸, 良不可任, 玆者重枉於旅館, 復示以短序。若近體一首, 文則狀如烟波千里, 蜃樓蛟閣, 出波於空明中也。詩則又知海人網得珊瑚於庵窟之中, 吁, 亦奇哉!

今者西歸, 孔邇摻別在, 卽悵然之懷, 彼此何異? 仍抒其梗槩如右。且次洪韻, 震澤亦袖來別語以贈, 其爲師弟, 向人縉綣, 終始信且懇, 如是者哉! 遂賡以蕪拙焉。

重瞻眉宇氣雄哉, 更讀清篇洗黠埃。大手已驚燕國語, 弘文尙想鳳樓才。仰承管相揚芳譽, 俯壓晁卿等少孩。軟語未終將告別, 尺書難付鴈奴回。

壬戌季秋, 翠虛。

《次謝順菴詞伯》

人世忝知莫樂哉, 玉壺相對絶纖埃。萍蓬偶合眞天幸, 師弟俱賢不俗才。欲向前修退步武, 定知流輩視嬰孩。客中何幸頻來訊, 談笑留連且莫回。

壬戌菊秋, 滄浪走草。

不佞詩中, 有知幸二字之犯, 而古人唯二字犯, 則用之者多, 故敢用之云。

滄浪。

《奉謝順菴案下》

昔在西京日，聞君翰墨名。青眸今邂逅，詩酒托新情。

壬秋，盤谷奉稿。

《和奉盤谷李公詞壇》

風標塵俗外，最愜素聞名。幸得瓊瑤句，深欣膠漆情。

柳剛自西京來，悉說盛德之汪洋，登龍之願切矣。今幸得攀高範，兼辱妍唱，味腴掬芳，欣抃無已。

壬戌季秋上澣，順菴 木貞幹稿。

《謹呈鵬渲李公案下》

太白仙才誰共論，賦成鵬翼掩天門。百篇一斗豪吟客，大雅千年今又存。

壬戌季秋，順菴稿。

《和謝順菴詞案》

諸子紛紛不足論，英才多少出君門。其間震澤宜先數，搜人西京幾箇存。

壬秋上浣，盤谷奉。

見震澤詩，其調響之淸高，非巴人下里可及。此見公詩之逸韻，震澤之做門下，不虛矣。/盤谷。

古人之詩，可以觀、可以群，是以春秋列國之交際，必賦詩見志。後世之詩，與雅頌之音，奚翅霄壤？然其見志通好，今之詩猶古之詩也。不知貴意如何？/順菴。

詩無古今。/盤谷。

僕與足下，生在異邦萬里之外，今玆唱酬，誠千載一時。可以通兩情，而結交好，何害詩之不及古人哉? /滄浪。

有病辭去，何以則更得相奉耶? /盤谷。

姑其他日。/順菴。

《謹呈愼齋安公吟榻》

仙客相逢東海濱，淸標瀟洒抱玄眞。不須更問如瓜棗，詩味道腴能飽人。

壬戌季秋，順菴 木貞幹稿。

《奉和寵示韻 錄呈順菴詞伯靜才》

文星璨璨海東濱，骨格風流意更眞。誰料平生山水曲，異邦還有賞音人。

曾因雪溪，飽聞高名，斗望方切，而曩者再覩淸光，未克吐懷。雖緣冗故之劇，而不勝悵缺。今當遠離，無計摻袂，此懷如何? 玆將俚語，仰溷淸覽，而無任汗顔之至。聊備一莞耳。

壬戌重陽後二日. 愼齋 安伯倫拜稿。

《宗大守席上 謁朝鮮國三官使 奉呈正使東山尹公》

信幣禮成軺馭還，霜楓如錦照鞍韉。太師敎化遼東舊，吏部文章海外傳。大雅時聞吉甫頌，醇儒久仰彦明賢。羨君一爲蒼生起，復駕扶桑萬里船。

壬戌季秋初七蓂，順菴 木貞幹謹艸。

《奉呈副使鷺湖李公》

遠泛星槎度大瀛，堂堂風裁世俱驚。謫仙豪氣天才異，文靖氷壺地步清。定識九流歸學海，猶思百雉築詩城。龍門此日蒙容接，幸賴毛生通兩情。

《奉呈從事官竹菴朴公》

玉立千竿絶俗埃，向風青眼好懷開。淩雲方見蒼龍起，結實行期彩鳳來。淇澳猗猗君子德。楚筵秩秩席珍才。仙凡不阻高堂會，況又詩談逸興催。

《用鶴山韻 奉謝竹菴公辱示》

碩德雄才意氣多，詞源先喜沐餘波。欲將巴·嬥答恩眷，高調難賡白雪歌。

順菴 木貞幹稿。

再昨赴對馬守家宴，初遇順菴木學士，實有傾盖若舊之懽。仍贈余以一律，乍看，使覺牙頰間生爽氣，不勝欽敬，而只緣夜深，歸意忽卒，未克奉和，今始追步以呈。

白戰騷場幾凱還，早從牛背讀蒲韉。毫端弄墨千人掃，郢裏新篇萬口傳。少日聲名推內翰，暮年詞賦壓羣賢。慇懃別有臨岐贈，剩得瓊瑤載客船。

壬戌重陽，東山稿。

《奉酬順庵贈示韻》

順庵聲譽滿東瀛，落筆文章四座驚。貌似霜筠偏帶瘦，氣將秋色欲爭清。多慚郢曲酬巴唱，更耐離歌聽渭城。一別參商難重會，異鄉回首各傷情。

壬戌菊秋, 鷺湖稿。

《奉次順庵辱示韻》

園林蕭灑淨無埃, 客裏覊懷許蹔開。異域光陰秋已晩, 故鄕消息鴈初來。黃花謾對重陽節, 靑服忻逢一代才。譚笑尊前須臾興, 可堪明日驛程催。

壬戌季秋, 竹庵榮。

《謾唱巴曲 以代陽關 奉呈翠虛成公案下 眷眷之情 少見于詞》

欲言別恨轉堪哀, 書信先期次第開。夜夜海湖隨月至, 年年雲鴈帶霜飛。

壬戌季秋, 順庵稿。

《奉別鵬溟李吟壇》

雲翼圖南又北飛, 扶搖九萬逐秋歸。更思水擊三千里, 海氣山風霜滿衣。

壬戌季秋, 順庵稿。

《奉送滄浪洪公詞案》

長路關心酒滿觴, 雲山煙水九秋霜。君家自有容齋筆, 萬首唐詩照錦囊。

壬戌季秋, 順庵稿

【영인】

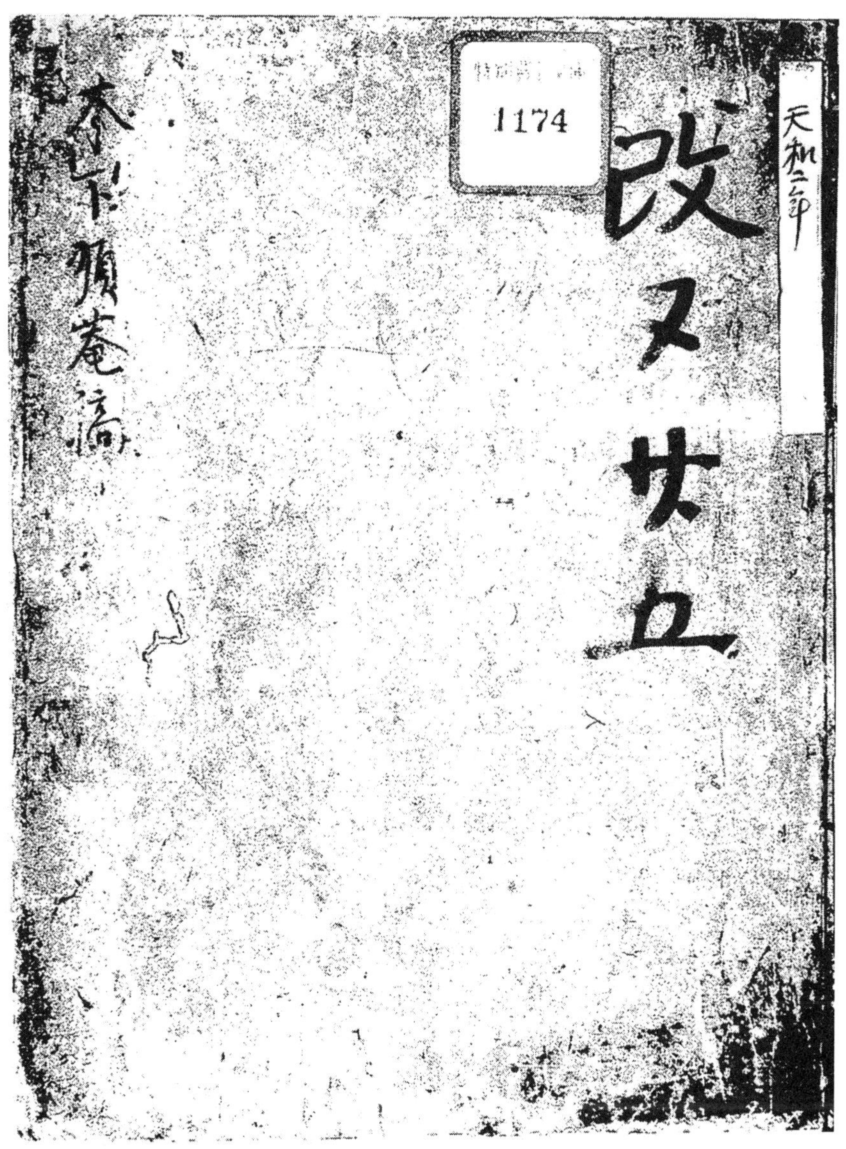

東京都立日比谷圖
昭 27.5.12 和
017887

天和壬戌年。朝鮮國通信使來聘。

八月到汗府。廿六日余赴本誓寺寓館。會學士成翠虛及軍官洪滄浪。

詩篇贈答凡若干首。錄之左方。

天南地北。水陸萬里。經夏度秋。冒暑衝瘴。

賢勞辛勤。更僕何餐。幸是今年風
雨時若。海波不揚。舟楫之利濟。萬
之載馳。無危過險。事不失素。
愷悌君子。神之所扶。豈只
使華之榮。實惟
兩國之慶。至祝。

壬戌之秋八月下浣　順菴木貞幹

即對

雅範。知其

大人君子人也。第邦音不通。自目擊

而已。今兼

先訊之鄭重。且慰不佞之蹤跡。書意纏綿。

有同十年前故舊。感戢無已。誠

由於

兩國敦修之力獲覩
長德之儀度可幸也

翠虛

行到兩京之日意表獲見
尊公之門下士靄澤公館聞
尊公之學識文詞之冠乎一世顧欲一
次望

履矣。不料茲者過聞虛名。先為枉訪於客館。雖是初無一面之雅。一見已知矣。

鉅德宏識。遊於藝之氣像。深欽之。

而當侯從容。以筆代舌。略陳梗槩。

不許爾。

壬戌仲秋　翠虛

誠如所教。

在西京日見柳震澤乃文章士也。

弟子若是其師可以使人起敬。

滄浪

弊門人柳剛。遇蒙 稱與言感佩

實深。如不肖箕斗虛名。謬污

高聽。慚悚何言。敬綴下里一章。

以呈
翠虛公 吟壇
文星快覩海雲東
玉色温温名利
君子風毛穎十年言猶在靈犀
一點意先通
壬戌仲秋下浣 順菴木貞幹稿

謹次

順菴 辱示韻

博學宏才冠日東。

青眸開處揖

高風。邦人定服

賢師若洙泗淵源萬古通。

翠虛

重用前韻奉呈

翠虛詞宗案下

文旆悠悠

道暫東移如

大雅仰清風

雞林碧水 君羣英會淵洄今看

一派通

順菴稿

奉呈

順菴 案右

今逢德者紫芝眉。文彩風流

擅一時。湛然方寸依相照。宜唱

騷壇萬首詩。

海月翁又稿

和答

翠虛 詞伯

文談筆語各揚眉情洽高堂相對時
析木扶桑三萬里錦囊收拾入清詩

順菴

奉呈

頄庵 詞文蒹示 諸賢

聞說汗都地理雄 群才大振古人風

琳琅玉樹交輝處 白雪高歌動碧空

翠虛

重次

疊韻謝

翠虛詞兄

浩々詞源

韓客雄。一時同看

兩邦風。預期別後通音信

先指雲鴻望遠空。

順菴艸

卒賦一律奉呈

翠虛成公 棐下

阜僂

高標擧彩霞
英才况又玉無瑕
登科早折三秋桂
隨使遥浮八月槎
筆下談論通地脉

胸中藻思吐天葩相逢
何恨方言異品海斯文自
一家。

順菴具艸

謹步

順菴示韻却寄

妙年奇志欝青霞

趙璧從知欠點瑕影拂
咸池千疊浪身隨博望
一夫槎。垂生已識曾吞象。
江筆皆驚更吐葩。邂逅
東都天寶傳出涯、方見
大方家。

翠虚

始接

荼肴既蒙

青眄被耀之深謹呈俚詞

以謝

滄浪洪公 詞案

殊方何意作同盟一見渾

消鄙吝情素信至清曼

語憑テ
君背日濯ニ塵纓ヲ
壬戌秋八月
順菴李貞幹稿

敬テ次ニ。。
順菴公ノ辱示ノ韻ニ
驪壇牛耳擅ニ宗盟ヲ瀟洒タリ
千秋白雲ノ情。燦トシテ若ク鳳凰ノ鸞ニ

彩翮逸如騏驥脫長纓
壬戌仲秋
滄浪謹稿
再呈
滄浪洪公。。吟榻
新上騷壇似舊盟
瓊報荷深情從巖泪
詩誌不羨滓禁誇馬纓

順菴稿

奉贈

順菴 詞伯

搜羅百氏咀英華雄視騷
壇自一家莫怪 公詩聞
已熟曾從門下識侯芭

壬戌仲秋 滄浪謹稿

奉ニ和ス

滄浪詞兄ニ

雞林ノ英傑擅ニス文華ヲ健筆

可ニ哘テ成ス。作家ト千載子雲

公自在リ吾カ門何ソ耐ン春書芭。

順菴稿

奉ニ呈ス

順菴詞伯兼示席上諸名士

山多杞梓海多珠物理由來
信不誣滿座諸公皆俊逸此
生何幸入名都

壬戌仲秋　　滄浪稿

次謝

滄浪詞丈

毫端萬斛夜光珠。
韓客宏才誰又評須為
五經賡鼓吹二京賦了
又三都
順菴艸

偶爾成章鼓動
滄浪詞伯豪氣
磅礴乾坤俯仰中。

高人壯志思無窮河源欲問
月支外暘谷未賓日本東自古青丘吞夢
澤至今
鰈水接華風雲煙爲紙
海爲硯天筆高懸萬丈虹

順菴稿

次謝

順菴 詞文盛眷

一見忘形意氣中論文促

膝興無窮衆槎遠自間雲

呂拭王今來折木東愛

客知 君多厚謨數于蒙於

我拙 高風當筵倚醉争

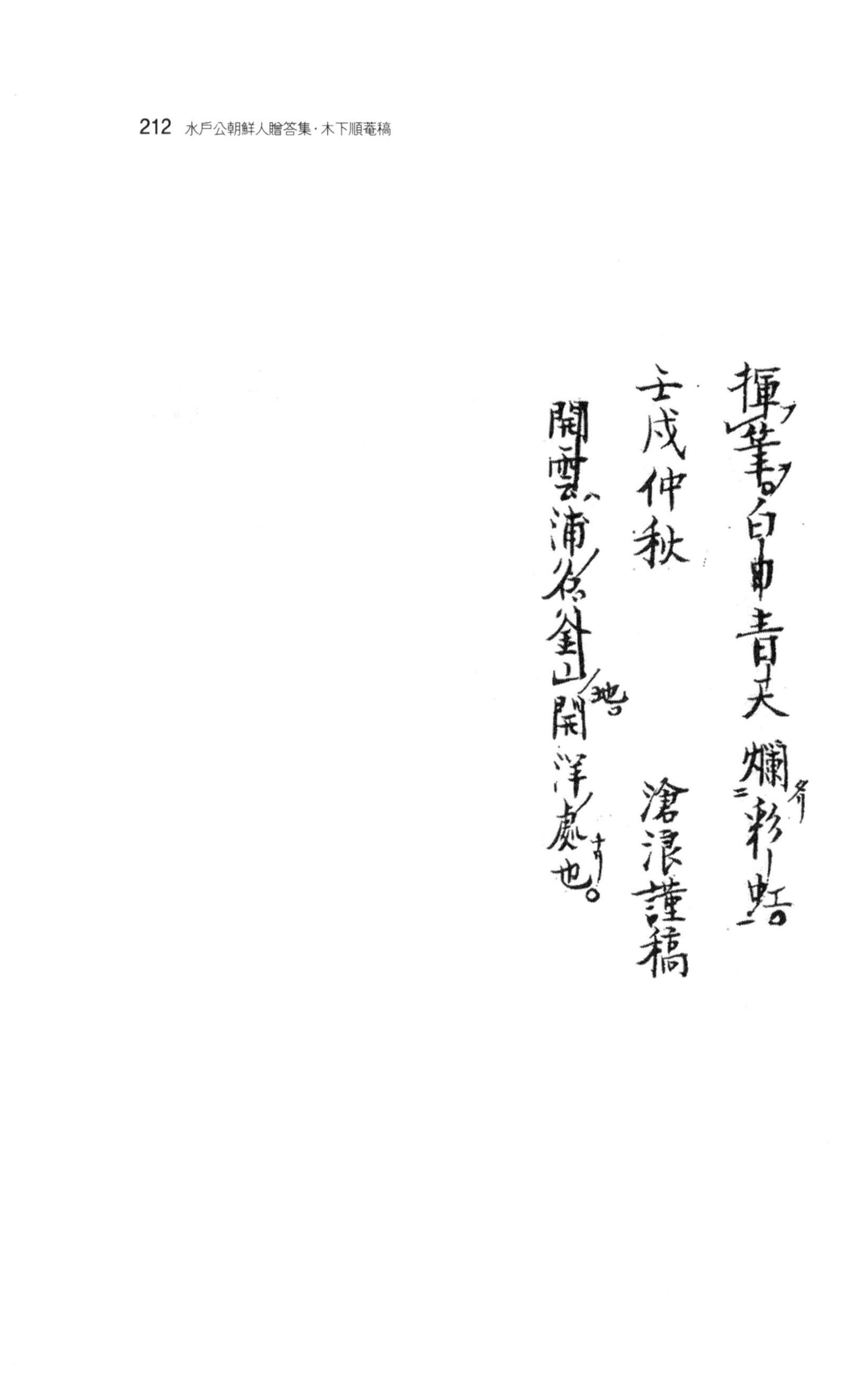

揮筆白申青天　爛彩虹

壬戌仲秋　滄浪謹稿

閑雲浦名釜山開洋處也。

九月初四日重到旅館与成翠虛

李鵬溟洪滄浪會晤唱酬如虎

謹呈

翠虛成公

滄浪洪公 案下

嚮辱奉 此ヲ闕字

光範謬蒙 允容顧夫斗筲之器

何任 卬吉之重古人一字之褒
榮踰華袞而況承數詩之深惠焉
文焰之餘光乎感激稠疊何日忘之
雖然聲聞過情君子之所恥者
忸怩若無所容嗣當候於
文幌以致謝悰不意何堪為悰不
伏把筆遽促至答冥

丈人之汪度容之句罪者又有言伯樂
所顧駑馬百倍不肖何幸獲此青福
也息藻之懷不可不言故致一律於
左右以謝厚眷得隴望蜀敢祈
竹和
重挹
清芬最快哉風流儒雅自無埃

一鳴俁驚　雞林唱萬首比肩
鮮域才深感　新知推轂越更懃舊
學倒綳孩今年海上臨無浪珍重
行人容易回
壬戌季秋上浣　　順菴木貞幹稿

謹步

順菴詞伯 示韻

不佞自入西京邂逅震澤公始知

尊公之博雅欲一面謁素矣入東京

稠人廣坐之中益聞公之學識游

藝不世出國士無雙也須於華館

一晤雖無竟晷之程見知其五總龜

六經庫之氣像也又申之以酬唱之際

足見內蘊外發之文而求之淮南所謂嘗一臠
而知一鑊之味豈不信哉追者驂離稍闊鄙
萌方寸良不可住茲者重 枉於旅館復
示以短序若近作一首文則狀如烟波千
里蜃樓蛟閣出沒於空明中詩則又如
漁人網得珊瑚於滄溟之中吁亦奇哉
今者西歸孔邇摻別在即悵然之懷彼

荷異彷抒其種類如右且次洪韵震

澤亦袖集別語以贈其為　師弟向緯

綣終始信且懇如是者哉遂賡以蕪

拙焉。

重膽

眉宗氣雄哉史讀　清篇洗點埃

大手已驚讓國詔孫又奇想鳳樓才

仰羨常相揚芳譽俯歷罷鄉

等少發歎語未終將告別之書

難付鴈奴回

壬戌季秋　翠虚

次謝

順菴　詞伯

人世忝知莫樂哉玉壺相對

絶纖埃萍蓬偶合真天幸

師師弟倶賢不俗欲向前修退中下

武定知流輩視嬰孩客中

何幸頻来訊談笑留連且莫

佪

壬戌菊秋　滄浪走草

不佞詩中有知韋二字之犯而

古人唯二字祀則用之者多故

敢用之云

滄浪

奉謝

順菴 案下

昔在西京日聞

君翰墨名昔聞今邂逅

詩酒托新情

壬秋　　盤谷奉稿

和奉

盤谷李公詞壇

風標塵俗外最愜素

聞名幸得

瓊瑤句深依膠漆情

[illegible]

柳剛自西京来悉説

盛徳之汪洋登

龍之願切矣今幸得攀

高範兼厚　姸唱味腴掬

芳欣抃豈可

壬戌季秋上澣　　順菴木貞幹稿

謹呈

鵬渲李公 案下

太白仙才誰共論賦成

鵬翼掩大門 百篇一斗

豪吟客 大雅千年

今又存

壬戌季秋 順菴稿

和謝ス

順菴 詞案ニ

諸子紛トシテ不足ラ論スルニ英才

多ク出ツ 君カ門ノ其ノ間ニ

震澤宜ク先ツ數ヘ搜リ尽スニ

西京ツ幾箇カ存スル

壬秋上浣

盤谷奉

見震澤詩其調響之清高非巴人下里可及見公侍之逸韻震澤之傚門不爲矣

盤谷

古人之詩可以觀可以羣是以春秋列國之交際必賦詩見

志後世之詩與雅頌之音矣

翅霄壤然其見志通好兮

之詩猶古之詩也不知貴意

如何　順菴

詩無古今　盤谷

僕與

足下生在異邦萬里之外今
茲唱酬誠千載一時可以通
兩情而結交好何害詩之
不及古人哉　滄浪

有酒辞去何以則更得
相奉耶　盤谷

姑期他日　順菴

謹呈

眘齋安公 吟榻

仙客相逢東海濱
清標瀟洒抱玄真不須
更問如氏東 詩味
道腴能飽人

壬戌季秋 順菴木貞幹稿

奉和 寵示韻録呈

順菴 詞伯静才

文星璨々海東濱骨格
風流意更真誰料平生
山水曲異邦還有賞青人
曾因雲漢飽聞
高名来望方切而晷者毋覩

清光未見吐懷雖緣冗故之
劇而不勝悵欽今當遠離
無計攀袂舒懷如何茲將
俚詭仰溷
清覽而無任汗顏之至聊備
一莞耳
壬戌重陽後二日 眘斎山女伯倫 稽拜

宗大守席上謁

朝鮮國三官使奉呈

正使東山尹公

信幣禮成 軺馭還霜楓如錦照

鞍韉 大邦敎化遵東舊

吏部文章海外傳 大雅時聞音

賡頌 醇儒久仰廉明賢羨

君一為蒼生起復駕

掛帆萬里船

壬戌季秋初七蓂

順菴木貞幹謹艸

奉呈

副使鷺湖李公

遠泛星槎度大瀛豈寺

風裁世俱驚　謫仙豪氣天才
異。文稱泰臺　地步清定識九
流歸　學海猶思百雉築
詩城。龍門此日蒙　容接
幸頼毛生通兩情

奉呈

從事官竹菴朴公

玉立千竿絶俗埃向風
青眼好懷開凌雲方見
蒼龍起結實行期彩鳳来
淇澳猗猗君子德趣筵秩秩
席珍才仙凡不阻高堂
會況又詩談逸興催

用鶴山韻奉謝
竹菴公 辱示

碩德雄才 意氣多
詞源先喜沫 餘波欲將
巴燿答 恩眷 高調
難賡 白雪歌

順菴木貞幹稿

再昨赴對馬守家宴初遇
順菴木學士賓有傾蓋若舊
之情仍贈余以一律及看使
覺一牙頰間生爽氣不勝欽
歎而只緣夜深歸意匆卒
未竟奉和今始追步以呈
白戰騷壇幾凱還早從牛

肯讀蒲鞭毫端弄墨千人掃
耶蘇新篇萬古傳廿四聲名
推内翰暮年詞賦壓群賢
慇懃別有臨岐贈剩得瓊
瑤載客船
壬戌重陽　東山稿

奉酬

順庵贈 示韻

順庵聲譽滿東瀛落
筆文章四座驚貌似霜
筠偏帶瘦氣將秋色欲
爭清多慚郢曲酬巴唱
更耐離歌聽渭城一別

參商難重會異鄉回首
各傷情
壬戌菊秋　　　鷺湖稿

奉次。
○順庵學　示韻
園林蕭灑淨無俟客
裏竊懷許暫閑異域

光陰秋已晩故鄕消息
鴈初來黄花謾對重陽
節青眼竹逢一代
才譚笑尊前須要與可
堪明日驛程催
壬戌季秋　竹庵榮

謾唱巴曲以代陽關奉呈

翠虚成公 案下。眷々之情見

于詞。

欲言別恨轉堪哀。

書信先期次第開。閒夜〻

海湖隨月至。年〻雲雁

帶霜飛。

壬戌季秋　順庵稿

奉別

鵬濵李公　吟壇

雲內異圖南又北飛扶揺
九萬逐秋歸更思水聲
千里海氣山嵐霜滿衣

壬戌季秋　順庵稿

奉送

滄浪洪公 詞案

長路関心酒満觴雲山

煙水九秋霜

君家自有宋齋筆萬首

賡詩照錦囊

壬戌季秋 順庵稿

18세기 초 조일문사의 신분적 특성에 따른 필담교류의 분화양상에 대하여

구지현

1. 머리말

조선 후기 혹은 에도시대 조선과 일본의 양국 문사들이 한문을 통해 의사소통을 한 흔적은 쉽게 찾아볼 수 있다. 다수의 필담창화집은 필사본뿐 아니라 간본으로 만들어져 독자들에게 읽혔다. 조선인과의 필담창화집 간행이 얼마나 빨리 이루어졌는지는 申維翰(1681~1752)의 기록을 통해 짐작할 수 있다.[1] 1719년 製述官으로 일본에 파견되었던 신유한은 歸路의 大阪에서 『星槎答響』 2권을 보게 되었는데, 赤間關 이전에서 이루어진 창화시가 간행된 것이었다. 그는 唱和가 이루어진 지 한 달도 안 되어 책이 간행되어 나왔다는 점에 매우 감탄한다.

통신사의 파견을 계기로 이루어지는 필담창화가 번성하게 된 시기

* 1711년에 파견된 제8차 통신사 때에 편집된 『수호공조선인증답집(水戶公朝鮮人贈答集)』과 『목하순암고(木下順菴稿)』의 이해를 돕기 위해 이 논문을 덧붙인다.

1 『海游錄』 11월 4일 : "湛長老以大坂新刊星槎答響二卷示余 此乃余及三書記與長老答贈諸什 而所刊在赤關以前之作 餘未卒業 然計於一朔之內 剞劂已具 倭人喜事好名之習 殆與中華無異"

는 7차, 8차 使行에 해당하는 1682년 壬戌/天和通信使와 1711년 辛卯/正德通信使로 알려져 있다. "그 사신이 내빙하면 필담창화가 있었고, 天和·正德 즈음부터 이 일이 점점 성하게 되어 그 서책류를 이룬 것이 백수십 권에 달"[2]하는 상황이 된 배경에는 이 시기 한문 담당층의 증대와 출판문화의 발전이 있었다. 비록 天和·正德가 함께 묶여 얘기되었으나 1682년과 1711년에 이루어진 필담창화의 규모는 상당한 차이가 난다. 현전하는 필담창화집에 등장하는 일본 문사의 숫자를 살펴보면, 1682년은 50명 정도에 불과하지만 1711년에는 250여명에 달한다. 또 간본이든 사본이든 1711년 필담창화집의 종류가 훨씬 다양하고 필담창화의 量도 많다.

일본 쪽 변화를 가장 상징적으로 보여주는 사건은 大學頭의 등장이다. 조선쪽 사행록에서 외교문서를 관장했던 林羅山(1583~1657)은 '僧道春'으로 지칭되곤 하였다. 유학자인데도 승려의 모습을 하고 있던 라잔을 조선쪽에서는 전통적으로 외교문서를 담당했던 京都 五山의 연장선상에서 파악했던 것으로 보인다. 그런데 1711년에 통신사행을 접대한 林信篤(1644~1732)에 대해서는 '林太學頭' 혹은 '林祭酒'라는 호칭이 사용된다. 1690년 湯島聖堂의 성립을 통해 林家의 私塾이 國學의 역할을 담당하고 大成殿의 釋奠이 막부의 차원에서 이루어지게 되었는데, 조선쪽에서도 이를 주관하는 林信篤에게 걸맞은 호칭을 쓰게 되었던 것이다.

2 『通航一覽』 卷之百八, 「朝鮮國部八十四 ○ 筆談唱和等」: "かの使者來聘ごとに、筆談唱和があり、天和 正德の頃よりして、その事やや盛なり、故にその書類冊をなすもの百有數十卷にいたる"

1711년 10월 28일 제술관 일행과 만났던 深見玄岱(1649~1722)를 비롯한 七家는 스스로를 幕府의 儒臣, 혹은 史臣이라고 소개하였다. 조선쪽 사행록에도 이들을 翰林이라고 표현하였다. 沿路에서 만난 竹田春庵(1661~1745), 山縣周南(1687~1752), 味木立軒(1650~1725) 등도 스스로를 주군의 명을 받아 접대를 나온 儒臣이라고 소개하였다. 유자 계층을 에도와 교토뿐 아니라 일본 내 지역 전반에 걸쳐 만나볼 수 있게 되었던 것이다.

일본 儒者 계층의 등장에 조선도 대응하였다. 1682년 日光山致祭가 폐지되었는데도 讀祝官 대신 제술관을 파견한 것, 1711년 書記 1명이 증대된 것은 조선쪽에서도 일본의 文事 욕구에 부응한 증거라고 할 수 있다. 1682년 사행에서 이전 사행에 비해 필담창화집의 종류가 늘어난 데에는 문사를 專擔하는 제술관의 존재가 있었고, 1711년에는 書記의 例에서 보듯 文事 담당자가 늘어난 만큼 필담창화가 더욱 활발해졌던 것이다. 즉, 1711년 통신사 사행에 이르러 양국의 필담창화 담당층이 확실하게 성립되었다고 정리할 수 있다.

이 시기 양국 문사의 교류는 주로 시문창화가 중심이었다. 필담창화집의 제목에는 "唱和", "唱酬" 혹은 "酬唱" 등의 용어가 사용되었고 수록된 내용도 唱和詩가 대부분을 차지한다. 필담은 정중한 인사말이나 간단한 문답에 불과한 경우가 많아, 시문창화를 보조하는 역할을 한다. 이러한 현상은 8년 후인 1719년 己亥/享保 通信使까지 이어진다. 18세기 필담창화의 변천을 통시적으로 살핀다면 이 시기를 '詩文唱和의 시기'로 함께 묶을 수 있을 것이다.[3]

그런데도 이 시기 필담을 주목해야 하는 이유는 교류의 담당층이 확립된 데 따라 양국 문사가 창화시를 주고받으며 필담을 나누는 방식도 성립되었기 때문이다. 양국 문사의 만남은 일정한 패턴을 보인다. 護行員인 對馬의 記室의 소개를 통해 일본 문사는 名刺와 시문을 전하고 화운시를 받았다. 조선 문사에게 여유가 있다면 즉석에서 몇 차례 시문이 더 오갔고 시간적 여유가 없는 경우에는 나중에 써서 전달하기도 하였다. 이러한 만남은 종종 시문 속에서 '文會', '雅會'라고 미화되어 표현되었다. 1682년 양국 문인들 사이에 필담창화가 성립되는 과정에 대해서 이미 고찰한 바 있다.[4]

그러나 양국 문사의 만남이 미화되어 표현되는 모습 그대로였다고 보기 어려운 정황이 포착된다. 일본 문사의 궁극적인 목적은 조선 문사의 次和韻詩를 받는 데 있었고 필담의 주제와 내용도 전형화 되는 양상을 보이기도 한다. 이에 대응하는 조선 문사의 태도 역시 우호적인 모습을 띠고는 있으나 필담창화의 내용이나 형식이 정형화된 경향이 드러난다.

이 원인으로 우선 짐작할 수 있는 것은 정치외교적으로 완전히 자유로울 수 없는 양국 문사의 신분적 한계가 교류를 제한했을 가능성이다. 그러나 양국 문사의 태도가 완벽히 공식적이지만은 않았다는 점을 본다면 단순히 이러한 원인만으로 설명하기 어렵다. 한 가지 원인으로 지목할 수 있는 것은 오히려 양국 문사의 신분적 이질성이 양국 문사

3 구지현, 「18세기 筆談唱和集의 양상과 교류 담당층의 변화」『朝鮮通信使硏究』 9호, 2009.12, 1~39쪽.

4 구지현, 「17세기 필담창화의 성립과 일본인의 조선 인식」『人文科學』 44집, 성균관대학교 인문과학연구소, 2009.8, 5~28쪽.

교류 양상에 더 많은 작용을 했을 가능성이다.

중국으로부터 같은 유학을 받아들였으나 조선과 일본의 유학자는 정치사회적으로 많은 격차를 보인다. 이 점은 일본의 학자들을 통해 꾸준히 지적되어 왔다. 阿部吉雄의 연구에 따르면 조선의 儒者는 兩班이라고 하는 文武 大官과 王室에 공훈이 있는 자들의 子孫 등 최고 신분 계급에 속한 동시에 정치경제의 실권을 쥐고 있었던 반면, 일본 儒者는 몰락한 명문 자손이거나 浪人의 아들, 失業한 醫員 혹은 商人의 자손 등으로 대개 낮은 신분 출신이었으며 정치적 지위 역시 낮았기 때문에 학문적 경향에서도 상당한 차이를 보이게 된다.[5] 일본의 儒者들 중에는 藩主에게 초빙되어 藩의 문교를 위해 侍講이 되거나 藩校의 教授가 되는 예를 찾아볼 수 있다. 江戸時代 이런 방식이 신분상승의 한 형태이기는 하지만, 신분상승은 다른 技藝나 劍術을 통해서도 가능한 것이었다.[6] 그렇기 때문에 과거제도를 통해 중앙관료가 되거나 지방관이 되어 직접 국가나 지방을 경영하는 조선의 유자와는 신분적 토대가 전혀 달랐다고 할 수 있다.

신분적 토대가 다른 양국 문사는 각자 관심과 임무가 달랐고, 교류의 과정에서 오해가 생기거나 타협을 해나갈 수밖에 없었던 것이 아닐까 하는 의문이 本稿의 출발점이다. 1711년은 시문창화가 주를 이루는 속에서도 양국 문사들 사이에 의미 있는 필담이 시도되었던 때이다. 이 시기 필담자료를 바탕으로, 이후 필담 담당층이 어떻게 분화되었고 신분적 차이가 필담 전개에 어떻게 영향을 미쳤는지 고찰해 보려고

5 阿部吉雄, 『日本朱子學と朝鮮』, 東京大學出版會, 1971, 557~558쪽.

6 深谷克己, 『江戸時代の身分願望』, 吉川弘文館, 2007, 174~189쪽.

한다.

2. 17세기 필담의 전개

통신사 교류 초기부터 필담창화가 있었다. 현재 소개된 통신사원의 遺墨이 적지 않고 아직 공개되지 않은 것도 상당량에 이를 것으로 보인다. 그러나 단편적인 창화시나 서한이 아니라, 상당량의 창화시와 필담을 모아놓은 필담창화집의 출현은 좀 더 시간이 지난 다음에 나타났다.

필담창화의 초기 양상을 살펴볼 수 있는 시기는 1636년 丙子/寬永通信使 때이다. 林羅山의 문집에 이 시기 만난 權侙(1599~1667), 文弘績과의 필담이 실려 있다. 野間靜軒(1608~1676), 石川丈山(1583~1672), 堀杏庵(1585~1642), 和田靜觀窩(1607~?) 등의 필담 기록도 발견된다. 이들은 林羅山과 교유범위 내에 있는 京學派 출신들이었다.

이들 기록 중 和田靜觀窩의 『朝鮮人筆語』와 石川丈山의 『朝鮮筆談集』은 간본의 형태로 남아있으나, 당시 출간된 것은 아니다. 『朝鮮人筆語』는 1643년, 『朝鮮筆談集』은 1682년, 1711년 간행되었는데, 모두 통신사 사행이 있던 해이다. 통신사에 대한 관심이 고조된 시기에 이전 기록이 출간되었던 것으로 추측된다.

이 2종의 필담창화집은 성격이 뚜렷하게 구분된다. 和田靜觀窩는 통신사 접대를 담당했던 主君 脇坂安元(1584~1654)를 陪從하는 과정에서 조선 문사와 만나게 되었다. 이때 만난 인물은 吏文學官 權侙, 書記 文弘績, 寫字官 全榮 등이다. 이들과 주고받은 필담은 주로 主君을 대신해 詩書畵를 부탁하기 위한 것이었다. 자신을 위한 글을 받기도 하지만 이는 어디까지나 부수적인 것일 뿐, 한문을 이용한 通譯의 역할이 더 크다.

반면 石川丈山은 개인적인 이유로 권칙과 만났다. 스스로 서문에 "나는 그의 재주와 식견을 시험해 보기 위해 가서 만났다(余爲試其才識行而謁候焉)"라고 하여 조선 문사와의 필담창화가 목적이었음을 밝히고 있지만, 필담을 주고받는 과정에서 미리 준비해 간 자신의 시집을 보여주며 서문을 부탁한다. 즉, 조선인의 才識을 시험하기보다는 자신의 시를 평가받으려는 것이 주된 목적이었던 것이다. 이런 시도는 주효하여 "日東之李杜"라는 권칙의 평은 그의 聲價를 높이게 되는 중요한 계기가 되었다.

이 2종의 刊本은 이후 등장하는 수많은 필담창화의 원형을 보여준다고 할 수 있다. 일본 문사의 한문능력은 主君 혹은 有力者를 위해 조선 문사와 만나 대응하는 유효한 소통 도구였다. 한편 조선 문사의 평가는 자신의 한문 능력에 대한 매우 신뢰할 수 있는 증거가 되기도 했다. 和田靜觀窩와 石川丈山의 필담창화는 조선 문사와 응대하여 유효적절하게 목적을 달성한 典範이라고 평가할 수 있다.[7]

이후 필담창화집의 본격적 출현은 1682년에 와서 이루어졌다. 당시 江戶에서 林信篤을 도와 통신사의 객관을 드나들었던 幕府 儒官 人見鶴山(1638~1696)은 『韓使手口錄』을 남겼다. 이 기록을 통해 유관의 구체적 역할을 살펴볼 수 있는데, 막부의 유력자나 大名을 대신해 그 자

7 구지현, 「17世紀 筆談唱和集의 出現과 初期形態」『東洋漢文學硏究』 30집, 東洋漢文學會, 2010.2, 127~156쪽.

리에서 필담으로 의사를 전달하는 일과 그들을 위해 조선인의 시서화를 부탁하고 받아내는 일로 요약할 수 있다. 和田靜觀窩의 기록에서 볼 수 있는 내용에서 많이 벗어나지 않는 것이다.

이 시기 필담창화집에서 비교적 길고 자세한 필담을 나눈 일본 문사 몇몇을 발견할 수 있다. 그 가운데 『朝鮮人筆談并贈答詩』에 등장하는 瀧川恕水(?~?)는 교토에서 洪世泰(1653~1725) 등과 필담창화를 나누었는데, 조선의 실정과 經典에 대해 매우 길고 자세하게 질문하였으나 간단한 대답 몇 글자만을 받았을 뿐이었다. 1636년 石川丈山은 “지난번 통신사가 에도에 도착했을 때 나부씨가 글로 삼한의 풍속과 육경의 의문점을 따져 물었으나 그들이 국법 때문에 감히 대답하지 못했다(曩之信使, 到東都時, 羅浮氏以書詰問三韓之風俗六經之難處, 彼以國法不敢答焉)”라고 하여 조선 문사가 필담 내용을 제한하고 있음을 기록한 바가 있다. 1682년에도 조선 문사의 태도가 그다지 변하지 않았음을 확인할 수 있다. 『韓使手口錄』에서도 유사한 양상을 볼 수 있다. 酒井忠國(1651~1683)이 조선의 軍禮에 대해 물으려다가 이튿날 스스로 질문을 철회하였다. 조선 문사의 심기를 거스르지 않기 위해 일본 문사 쪽에서 자체적으로 조심하는 모습이 엿보인다.

조선쪽에서 國體를 논하거나 정보 유출을 금기시했던 상황에서 일본문사와 나눌 수 있는 필담의 내용은 제한될 수밖에 없었다. 단지 교조적인 경전 내용이 되풀이될 뿐 구체적이고 격렬한 토론의 모습은 찾아볼 수 없었다. 그 빈자리를 대신한 것이 시문창화였다. 시문창화는 일본 문사의 욕구에 부응하는 동시에 조선 문사에게도 無害한 일이었기 때문이다.[8]

그런데 『和韓唱酬集』에 새로운 내용의 필담이 보인다. 柳川震澤(1650~1690)과 良醫 鄭斗俊(1639~?)의 필담이다. 이들 사이에는 竹, 菖蒲 등의 종류에 대해 세세한 문답이 오갔다. 정두준은 "공은 의원이 아니면서 어찌 대나무에 대해 묻는가?(公非醫業 何問竹品)"라면서 柳川震澤이 의원이 아니면서 藥草에 관심을 갖는 것에 의아해 한다. 그러나 柳川震澤이 거론하는 出典은 杜甫의 시, 胡應麟의 문장이었다. 의학적인 차원이 아니라 문학적인 차원에서의 질문이었던 것이다. 本草라는 새로운 주제로 필담을 나누고 있으나 서로의 의도를 정확히 이해했다고는 볼 수 없다.

이와 같이 17세기 후반에 이르면 일본 쪽 필담창화 담당층이 이전 시대에 비해 수적 증가를 보이고 필담창화집이 본격적으로 출현하기 시작하였다. 그러나 필담의 방식이 확립되지는 못했다. 필담의 주제가 어느 선까지 가능한가에 대해 미처 탐색이 끝나지 않은 상태였고, 어떤 식으로 필담을 진행할 것인가에도 모호한 점이 있었다.

3. 1711년 양국 문사의 필담 교류에 보이는 신분적 성격

1711년은 京學派 학자들의 범위를 벗어나 교유 계층의 범위가 비약적으로 확대된 시기였다. 필담창화집 24종에 등장하는 일본 문인은 250여 명에 이를 뿐 아니라 사행의 연로를 따라 고루 분포되어 있다.

8 구지현, 앞의 논문, 2009.8, 24쪽.

또한 필담창화집 간본이 여러 종 출현하였는데, 이러한 책을 수용할 독자층 역시 존재하고 있었음을 추측케 한다.

양국 문사의 만남은 일본 문사가 요청을 하고 쓰시마의 記室이 중개를 하는 방식으로 이루어졌다. 이때 일본 문사의 명목은 주군의 명을 받들었다는 것인데, 1682년에 이르면 主君의 말을 전하는 내용의 필담은 거의 찾아볼 수 없게 된다. 이 시기 일본 문인이 필담창화의 주역으로 확실히 자리 잡게 되었다고 평가할 수 있다.

또한 이 시기는 비약적으로 증가한 儒者들과 조선 문사들이 필담의 방식과 화제에 대해 시행착오를 반복하면서 적정선을 맞추어 나가는 시기였다고도 할 수 있다. 雨森芳洲(1668~1755)는 "韓人이 우리나라 학자를 대할 때 한갓 시부로만 할 뿐이다"[9]라고 안타까워했다. 또 교토에서는 佛法에 관해 저술한 책을 보이고 의견을 물으러 온 승려를 松浦霞沼(1676~1728)가 제지하고 시문창화만 할 것을 권유한 일도 있었다. 崇儒排佛을 견지하고 있는 조선 문사에게 모욕을 당하지 않도록 미리 충고를 한 것이었다.[10] 조선 문사가 시문창화를 선호했고, 쓰시마의

9 『縞紵風雅集』 153쪽: "芳洲謂余曰 大學新疏始看了 自是天下好書可珍重 只恨韓使東行前不贈之 韓人待吾國學者 徒以詩賦而已 若使此書 示在東行之前 則知吾國有若斯學者矣 顧待鳩巢 必不以詩人也 是可惜"

10 『鷄林唱和集』 7권: "是日有黃檗及京僧數十輩來 呈書問於學士 其書大意 問以佛法興廢宗旨崇奉名衲撰述 願聞其詳 至霞沼謂衆僧云 公等所欲聞者 余恐適受其侮焉 此行駐節於駿府 一大寺主僧 頗有名望 爲衆所推 乃裁一書以問學士 其意亦同公等所問 學士秉筆書示云 本國高麗氏之亡也 職由佛法盛行 吾太祖之建國也 一尊信聖道 勤闢異教焉 創業以來 至今如此 若有顧精練其道者 必處之於深山遐各之間 不與四民齒焉 有土木之功則驅役之等於奴隸焉 其不求福田利益 亦當隨而知也 何宗旨之有也 又何名衲撰述之有也 主僧觀之 艴然而去 某以爲公等 亦必有艴然之怒 若以歌詩相唱酬自無妨 衆僧唯唯而退"

記室들 역시 불편한 화제를 피하도록 권유하면서 시문창화로 유도하는 경향을 뚜렷이 보였다.

이러한 상황에서도 비교적 자세하고 긴 필담은 1682년보다 훨씬 많이 발견된다. 이 필담을 대상으로 하여 당시 양국 문사들 사이에 신분적 이질성이 어떻게 작용하였으며 교류의 전개 과정에 어떤 영향을 미쳤는지 살펴보도록 하겠다.

1) 『계림창화집(鷄林唱和集)』을 통해 본 1711년 필담창화 담당층

필담에 참여한 조선 쪽 인물들은 거의 고정되어 있다. 일본인과 문자 응대를 위해 파견된 제술관 및 서기가 주류를 이루고, 특정한 기술을 지닌 계층인 寫字員, 畵員, 醫員 등이 비교적 자주 등장한다. 군관, 역관 등 문자로 소통이 가능한 사람이 나눈 필담도 이따금 보이는데, 이는 조선 쪽 인물의 자발성에 따른 것이다. 이런 현상은 12차 사행까지 일관되게 보인다. 반면 일본쪽 필담창화의 담당층은 사행을 거듭해 갈수록 변화를 보이는데,[11] 그 본격적 변화는 1711년부터 시작되었다고 볼 수 있다.

1711년 필담창화집 간본은 10종 가량이 소개되어 있다.[12] 이중 가장 거질이라 할 수 있는 것이 『鷄林唱和集』이다. 『鷄林唱和集』의 刊記에

11 구지현, 앞의 논문, 2009.12, 27쪽.

12 高橋昌彦, 「朝鮮通信使唱和集目錄稿(一), 『福岡大學研究部論文集』 A : 人文科學編 Vol.6 No.8, 福岡大學研究推進部, 2007 : 『鷄林唱和集』, 『槎客通筒集』, 『坐間筆語附江關筆談』, 『七家唱和集』, 『桑韓醫談』, 『日光山八景詩』, 『問槎二種』, 『兩東唱和錄』, 『兩東唱和後錄』, 『兩東唱和續錄』이다.

따르면 이 책은 1712년 5월 出雲寺 和泉椽, 瀨尾源兵衛, 唐本屋 淸兵衛가 合刻하였다. 瀨尾源兵衛라는 인물은 『鷄林唱和集』 내에 보이는 瀨尾用拙齋로, 교토에서 실제로 통신사 일행을 만나 필담창화를 나누기도 한 사람이다. 그의 書肆 奎文館은 이후 1719년 『桑韓唱和塤箎集』, 1748년 『善隣風雅』, 1764년 『和韓雙鳴集』에 이르기까지 지속적으로 거질의 간본을 간행하였다.

다른 간본들과 비교하여 『鷄林唱和集』의 특징으로 꼽을 수 있는 것은 일본 전 지역의 필담창화를 망라하였다는 점이다. 같은 시기 雨森芳洲도 寫本인 『縞紵風雅集』을 남겼다. 그는 쓰시마 記室로서 에도까지 사신단을 護行하였기 때문에 연로에서 만난 일본 문사가 상당수 등장한다. 그런데 『鷄林唱和集』에 수록된 문사의 수는 이보다 훨씬 더 많은 115명에 달할 뿐 아니라 뒤늦게 손에 넣은 시편을 모아 補遺에 싣는 등 전부를 구비하기 위해 노력한 모습이 엿보인다. 게다가 일본인의 시를 선별하여 실은 『縞紵風雅集』에 비해 창화시의 기록도 훨씬 충실하다고 할 수 있다. 실제 이루어진 자잘한 필담창화를 모두 기록하였으므로 여타 필담창화집과 내용이 중복되기도 하는데, 續集 격으로 출간된 『七家唱和集』의 내용을 제외한다면 1711년의 필담창화가 거의 집대성되어 있다고 볼 수 있다.

『鷄林唱和集』은 제목에서도 보이듯이 창화시 위주로 편집된 책이기는 하지만, 창화시보다는 대화에 좀 더 주력한 듯한 인상을 주는 필담이 여러 편 실려 있다. 여기에서는 간단히 인사말처럼 한두 마디 주고받은 필담을 제외하고, 주제를 가지고 비교적 길게 나눈 필담을 대상으로 살펴보도록 하겠다.

『鷄林唱和集』은 지역별로 엮여 있다. 江戶에서 필담을 나누었던 인물로 熊谷竹堂(1677~1748), 岡島冠山(1674~1728)을 꼽을 수 있다. 이들은 林信篤의 문하생이라는 공통점이 있다.

京都에서는 松崎蘭谷(1674~1735), 稻生若水(1655~1715), 靑地礼幹(1675~1744)를 꼽을 수 있다. 松崎蘭谷는 篠山藩의 儒官이었는데 번주인 松平信庸(1666~171)이 京都所司代에 敍用되었기 때문에 그를 따라 京都에 머물렀던 것으로 보인다. 稻生若水와 靑地礼幹은 加賀藩에 속한 사람들로 함께 통신사 일행을 만났다. 이들은 귀로에서 다시 한 번 조선인들과 만나 필담을 나누었다. 보유편에는 京都의 儒者 木下巽軒의 필담이 실려 있다.

大阪에서는 前田東溪(1673~1744)의 필담이 주목된다. 그는 당시 龜山藩에서 儒醫로 벼슬을 하고 있었다. 통신사를 만났을 때 그는 자신을 備中州의 講官이라고 소개하였다.

三都 외 지역을 살펴보면 濱松의 尾見正數, 藍島의 竹田春庵(1661~1745)의 필담이 있다. 尾見正數는 濱松藩의 武臣으로 소개되어 있고, 竹田春庵은 잘 알려진 대로 福岡藩의 儒臣이다.

이상 9명의 신분을 살펴보면, 藩에 속해 있는 儒臣이 대부분이고 靑地礼幹와 尾見正數처럼 藩의 家臣인 무사 신분도 있다. 예외는 木下巽軒인데 그냥 교토의 儒者로 기록되어 있는 것으로 보아 藩에 속해 있지는 않은 儒者 계층임을 추측할 수 있다. 유학 혹은 한학을 업으로 하는 儒臣 계층이 필담 담당층의 주류를 이루고 있으며 한문학적인 교양을 갖춘 武臣과 거리에서 한학 교수를 업으로 삼은 유자가 나머지를 차지하고 있는 것으로 정리할 수 있다.

『鷄林唱和集』 소재 필담의 일본 문사들은 당시 일본 한문학계의 상황을 상징적으로 보여준다고 할 수 있다. 전통적인 한문학 담당층이었던 승려들과의 필담은 공통된 화제를 찾기 어려웠기에 단순하고 짧은 대화에 그칠 뿐이었으나 새로이 등장한 유자층은 조선 문사와 긴 필담을 시도하고 있다. 필담의 주인공들은 『鷄林唱和集』에 등장하는 115명에 비하면 적은 숫자에 불과하다. 그러나 조선 문사와 문답을 자유자재로 쓸 수 있는 상당한 수준의 한문학적 능력을 가지고 있었을 뿐 아니라 통제된 상황에서 조선 문사들과 여러 차례 만날 수 있는 기회를 가졌다는 점에서 당시 일본 한문학계의 선두에 있었던 인물이라고 평가할 수 있다.

2) 양국 유자의 신분적 성격 : 관료와 지식인

통신사행을 통해 파견되었던 조선 문사와 이들과 만났던 일본 문사의 가장 큰 변별점은 어디에 있을까? 이에 대한 단서를 1636년 통신부사였던 金世濂(1593~1646)의 『海槎錄』에서 찾을 수 있다. 12월 13일 林羅山(1583~1657)은 김세렴에게 여러 가지 질문을 하였는데, 경서에 관한 의문을 비롯해 중국과 조선 관제의 차이점, 조선의 풍속과 물산 등에 관한 것이었다. 마지막으로 『養鷹方』에 대해 묻자 김세렴은 "나는 그대가 별다른 질문을 하리라 여겼더니 매와 개에 대한 질문을 하는가?(余曰吾以子爲異之問 曾鷹與犬之問耶)"라고 반문한다. 이 말은 『論語·先進』의 "子曰 吾以子爲異之問 曾由與求之問"에서 따온 것이 분명한데, 이는 제자 中由와 苒求가 신하로 쓸 만한지 묻는 季子然에게 공자가 대답한 말이다.

라잔은 김세렴에게 조선에 대한 지식을 갖추려는 의도에서 질문을 한 것이었다. 통신사행의 예물에는 매가 포함되어 있었고 『養鷹方』은 조선인이 저술한 매의 사육방법을 한문으로 기록한 책이었다. 막부에서 라잔이 맡은 임무는 한문과 對朝鮮 외교문서였기 때문에, 라잔으로서는 할 만한 질문이었다. 그러나 김세렴은 일부러 공자의 말을 변형해서 대답함으로써 매 기르는 일이 과연 한 나라의 大臣으로서 물을 말인가 하고 넌지시 비판을 한 것이었다. 라잔은 이 비유를 금방 깨달았고 더 이상 질문을 하지 않았다.

조선은 과거제도를 통해 관료를 선발하였기 때문에 문인이라 하더라도 기본적으로는 관료 혹은 관료 예비군이라고 할 수 있다. 유교 경전의 공부는 정치 현장에 나아가 배운 내용을 실제로 적용하고 牧民의 바탕으로 삼기 위한 것이었다. 통신사로 파견된 조선 문인은 官階와 官職을 지닌 관료의 집단이라고 할 수 있으며 통신사행 역시 정치 실현의 장이었다.

반면 일본의 儒臣은 한문능력을 지닌 지식인이라고 할 수 있다. 이들은 처음에는 侍講, 史臣이라는 관함으로 조선 문사를 만났는데, 주로 주군을 위해 경서를 강독하거나 역사서 편찬의 일을 맡고 있었기 때문이다. 藩校가 성립된 후에는 그에 맞게 學頭, 文學, 書記 등의 직함을 名刺에 사용하였다. 드물게 정치적 조언을 하는 경우도 있지만, 기본적으로는 한문을 사용하는 서적이나 한문을 써야 하는 문서에 능통한 한문 담당 지식인이었다. 당시 선진 지식이라고 할 수 있는 것들이 주로 중국의 상선을 통해 한문 서적의 형태로 입수되고 있었기 때문에 한문 해독능력을 지닌 이들은 필수불가결한 존재가 되어 있었다.

江戶에서 만난 熊谷竹堂은 洪舜衍(1653~?)과 다음과 같은 대화를 나눈다.

> 물음. 죽당. : 귀국 관제에 散職과 影職 두 가지 규율이 있습니다. 저는 '散'이라는 것은 '閑散'의 산이고 '影'이라는 것은 '形影'의 영이라 호칭만 있을 뿐 직임을 맡지 못한다고 생각하는데 과연 그렇습니까?
>
> 답. 경호 : 그렇습니다. 그러나 산직은 실제 직임이 없이 단지 軍銜을 가지고 봉록을 받는 것입니다. 영직은 임명장만 줄 뿐 직함을 주는 규율이 없습니다.
>
> 물음. 죽당. : 그렇다면 산직은 무관에 한해서이고 영직은 문관에 한해서입니까?
>
> 답. 경호. : 문관이나 무관이나 마찬가지입니다.[13]

위 대화의 내용은 이미 1636년 라잔과 당시 이문학관인 權侙과의 대화에 나타났던 내용이다. 제4차 통신사는 柳川一件으로 국서위조가 폭로된 상태에서 양국 교린 관계를 새로이 정립시키는 차원에서 파견되었다. 이때 막부가 관심을 가진 부분 가운데 하나가 조선 사신의 지위가 교린 관계에 걸맞은 것인가 하는 점이었다. 조선의 文武散階에 대한 이해가 없었기 때문에, 라잔은 首譯이 史臣보다 높은 官階를 가진 것에 의문을 품었다. 권칙은 "洪喜男과 姜渭賓이 嘉善의 반열에 올

---

13 『鷄林唱和集』 3권: "問 竹堂 貴邦官制 有散影二規 僕謂散者閑散之散 影者形影之影 唯有其號 而不得掌其職 果然乎否 答 鏡湖 曰然 但散則無實職 而只以軍銜受祿者是已 影則只給告身而無付職之規矣 問 竹堂 然則散限武官影限文官乎 答 鏡湖 文武一體耳"

라 2품이 되는 것은 명실이 같지 않은 것입니다. 우리나라 관제에는 산직과 영직 두 가지 규율이 있는데 '산'이라는 것은 '한산'을 말함과 같고 '영'이라는 것은 '형태에 그림자가 있는 것'과 같아 칭호만 있을 뿐 그 지위에 있을 수 없습니다."[14]라고 알려주었다.

熊谷竹堂의 물음은 권칙의 대답을 그대로 되풀이한 것이다. 1636년 "文武散階"에 관한 필담은 라잔이 한 것이지만 1711년에 林家 문인의 입을 통해 풀리지 않은 의문이 다시 한 번 제기되고 있는 것이다. 조선에 관한 지식이 제자들을 통해 전수되고 검증되는 과정을 거치고 있었던 것이다.

1711년 藩의 儒臣이 하는 질문은 1636년 라잔의 질문 범위에서 크게 벗어나지 않는다. 경서의 의문점, 조선에 관한 지식, 한문 서적에 관한 것이었다. 加賀藩의 松崎蘭谷은 조선의 관제가 실제로 『經國大典』이나 『故事撮要』의 내용대로인지 검증하는 질문을 하였으며, 淀藩의 前田東溪도 조선의 서적과 관제에 대해 질문을 하였다. 이들은 통신사행을 통해 조선에 대한 지식을 검증받고 확대하려고 노력하는 모습을 보인다.

반면 조선 문사의 태도는 외교 임무에 충실한 관료의 모습을 보여주는 경우가 많다. 江戶에서 新井白石(1657~1725)과의 필담 기록인 『江關筆談』은 술자리를 겸한 편안한 자리에서 이루어진 것이었다. 필담 도중 사신 趙泰億(1675~1728) 일행은 중국 해적에 관해 자세히 묻는다. 특히 해적의 우두머리 중 '鄭盡心'의 이름이 나오자 '鄭錦'의 후예가

14 『林羅山文集』 권60: "洪美所後嘉善爲二品者 名實不同 蓋我國官制 有散影二規 散者如閑散之謂也 影者如形之有影 只有稱號 而不得踐其位"

아닌지 의심스러워한다. 타이완에 웅거하며 反淸復明 운동을 하던 鄭錦(1642~1681)은 한동안 조선에 위협적인 존재로 인식되었다. 『朝鮮王朝實錄』에 따르면 1684년 조선정부는 鄭錦이 조선을 침략하려 한다는 쓰시마의 보고를 받고서 問慰使를 통해 진위를 파악하려고 하였다.[15] 그 결과 소문이 나가사키에 드나드는 중국 상선에서 흘러나온 것임을 확인하게 되었다. 이것은 訛言으로 결론이 났으나 이후에도 鄭錦의 동태에 대해 관심의 끈을 놓지 않았다. 1688년 金指南(1654~?)은 제주도에 표류한 普陀의 상인을 심문하여 鄭錦은 죽고 아들 鄭克爽(1670~1717)이 청에 귀순한 사정을 알아내어 조정에 보고하였다.[16] 따라서 이 사건 이후 파견된 辛卯/正德通信使를 통해 이러한 저간의 사정을 쓰시마인이 아닌 일본인의 입을 통해 확인하려고 했던 것이다.

일본을 통한 정보 수집은 외교 책임자인 사신만의 일이 아니었다. 같은 시기 江戶에서 岡島冠山은 제술관 일행을 만나 필담을 나누면서 역관 漢學上通事 鄭昌周(1652~?)와도 만나 중국어로 口談을 나누었다.

> 정창주 : 나가사키에는 1년 동안 몇 척의 중국배가 오고 며칠이나 머뭅니까?
>
> 岡島冠山 : 나가사키에는 1년 동안 7,80척의 중국배가 옵니다. 3월, 4월 사이에 왔다가 12월에 중국으로 돌아갑니다. 나가사키에 오래된 규율이 있어서 일찍 오는 배는 일찍 돌아가고 늦게 오는 배는 늦게 돌아갑니다. 그래서 12월이 되면 모두 중국으로 돌아갑니다.

15 『肅宗實錄』 10년 3월 11일.

16 金指南, 『東槎日錄』.

정창주 : 나가사키에서 南京, 寧波, 普陀山까지 거리가 얼마나 되는지 모르겠습니다.

岡島冠山 : 나가사키에서 南京까지 3백여 리, 寧波까지 삼백여 리 되고, 普陀山까지 2백여 리 되어 별로 멀지 않습니다.[17]

岡島冠山은 林信篤의 문하에 있기는 하였으나 유학자라기보다는 중국어통역에 가까웠다. 『唐話纂要』·『唐話便覽』 등의 중국어 교재를 썼고, 중국의 백화소설을 번역하기도 했으며, 荻生徂徠(1666~1728)에게 실제로 중국어를 가르치기도 했다. 그는 通剌에도 "北京音에 통하는" 두 사람이 있다는 말을 듣고 왔다고 밝혔다.[18] 그가 말한 두 사람이란 사행원으로 파견된 한학통사 2인을 가리킨다. 제술관과의 시문창화보다는 외국인과의 중국어 대화에 좀 더 무게를 두었던 것이다.

그와 만난 정창주는 중국어학습서인 『譯語類解』 간행 때 出捐한 사람 중 하나이다. 직접 책을 찬술하지 않았더라도 司譯院 소속으로서 책의 간행에 관여한 만큼 두 사람 사이에는 중국어 학습이라는 공통의 화제가 있을 법도 하다. 그런데 정창주는 위의 대화에 보이듯 중국인이 드나드는 岡島冠山의 고향에 관심을 표한다. 『江關筆談』과 마찬가지로 나가사키에 드나드는 중국 상선의 규모와 일본과의 관계에 대해

17 『鷄林唱和集』 3권: "說曰口談 昌周 長崎一年來多少唐船 耽閣幾多日子 答說曰口談 明敬 長崎一年來七八十隻唐船 三四月間來了 十二月回唐 長崎有個舊規矩 來早的早回去 來遲的遲回去 所以直到十二月 便都回唐去了 說曰口談 昌周 長崎到南京 或者到寧波 或者到普陀山 不知有多少路程 答說曰口談 明敬 長崎到南京有三百餘里路 到寧波有三百來里路 到普陀山有二百餘里路 沒甚麽遠"

18 『鷄林唱和集』 3권: "傳聞三大官使部下有兩位通北京音者 僕正欲與之一晤 若蒙足下維持 見彼兩位 則感謝不盡"

서 물은 것이다. 1682년 역관 김지남이 "朝貢使의 행차에 왜어를 아는 자가 따르고 통신사 역시 한학통사를 데리고 가니 이것은 바로 조정의 심원한 생각인 것이다."[19]라고 지적하였는데, 1711년 역관 정창주도 중국어 대화를 통한 정보수집이라는 김지남과 크게 다르지 않은 태도를 갖고 있었다.

조선 문사는 필담에 임할 때에도 외교임무를 띤 관료의 태도를 견지하고 있었다. 적극적이지는 않았지만 기본적으로 일본과 주변의 정세에 관한 정보를 수집하려는 의도를 지니고 있었고, 국가 체면을 손상시킬 만한 말이나 자국에 비판적인 태도도 절대 내보이지 않았다. 반면 일본의 문사들은 조선 및 한문에 대한 지식을 관장하는 학자의 입장이었기 때문에 조선 문사를 직접 만남으로써 평소 쌓아왔던 조선에 대한 지식을 검증하고 오류를 수정하려는 태도를 보인다. 통신사 사행원은 외교임무를 띤 관료였고 이들이 만난 일본 문사들은 대부분 정치적 영향력이 없는 지식인층이었기 때문에 양국 문사 교류에는 신분에 따른 간극이 존재하고 있었던 것이다.

4. 신분 특성에 따른 필담의 분화 양상

『通文館志』에 따르면 특별히 재주 있는 자를 가려뽑은 人員은 製述官, 良醫, 寫字官 2인, 畵員이다. 제술관은 "문재가 있는 자를 뽑아

19 『東槎日錄』 8월21일: "貢使之行 解倭語者隨之 信使亦帶漢學通事 此乃朝廷之深思遠見也"

보낸다(有文才者擇送)", 사자원은 "잘 쓰는 자를 뽑아 보낸다(善寫者擇送)", 화원은 "잘 그리는 자를 뽑아 보낸다(善畵者擇送)", 양의는 "왜인에게서 요청이 있으면 의술에 정통한 자를 뽑아 보낸다(倭人有請則術業精通者擇送)"라는 설명이 붙어있다.[20] 이들의 임무는 일본인들의 요구에 부응하는 것으로, 제술관은 문장을, 사자원은 글씨를, 화원은 그림을, 양의는 의술을 담당했다. 즉, 일본인을 응대할 때 필요한 전문 분야를 조선 쪽에서는 이렇게 네 가지로 정리하였던 것인데, 양의는 요청에 따라 파견할 수도, 하지 않을 수도 있는 직임으로 간주되었다고 볼 수 있다. 『通文館志』 편찬에 참여한 김지남이 1682년 통신사행에 참여했던 역관이었고 제술관이 파견되기 시작한 것이 1682년, 3인의 서기를 갖추기 시작한 것이 1711년인 점 등을 미루어 보면 이러한 사행원의 구성이 확립된 것은 1711년 사행일 것으로 짐작된다.

제술관과 기타 직임 사이에는 양반과 중인이라는 신분의 격차가 있었으나, 일본 쪽에서는 모두 "上官"으로서 대우하였다. 江戶에서 林大學頭 일행이 사신을 접견한 후 제술관 및 서기를 만나 시문창화를 했고, 幕府의 公臣이나 유력자들을 위해 문장, 그림, 글씨 등을 제술관·사자원·화원에게 부탁하면서 간단한 필담을 나눈 흔적이 지속적으로 보인다. 일본 쪽에서 보자면 시문창화도 그림과 글씨와 같은 위상의 기술이라 할 수 있다. 이것이 사행 때마다 제술관 일행이 기계적인 창수시를 써내게 되는 까닭이기도 했다.

앞서 언급한 대로 일본 문사들은 儒官이라고는 하지만 지식층에 가

20 김지남 외, 『通文館志』 6권, 김구진 외, 세종대왕기념사업회, 1998.

까운 존재들이었다. 로널드 토비는 "일본에 있어 유학은 국가에 이용가치를 인정받은 일종의 전문지식에 불과했다"[21]라고 하면서 조선의 儒者와 일본 儒者의 이질성에 대해 지적하였지만 더 시각을 넓혀 정의한다면 일본의 儒者는 主君에게 이용가치를 인정받는 지식, 주로 중국이나 한문 서적에서 緣由하는 외래지식을 다루는 일종의 전문지식층이라고 규정할 수 있을 것이다. 이를 단적으로 보여주는 것이 "儒醫"라는 말이다. 安西安周는 林春齋의 "제가 중 거리에서 독서하는 자 태반이 의업을 겸하였다"는 말을 인용하였는데, 그만큼 당시 儒者로서 의원을 겸하고 있던 사람이 많았음을 짐작할 수 있다.[22] 전통적인 한문담당층이었던 五山에서 藤原惺窩(1561~1619)나 林羅山 같은 儒者가 나온 것처럼, 한문으로 된 의서를 다루는 漢方醫 가운데 儒者를 겸하는 경우가 많았던 것이다.

이러한 전문지식층의 일본 문사들이 1711년부터 시문창화뿐 아니라 조선문사와 전문지식에 관한 필담을 시도하기 시작했는데, 그 흔적을 『鷄林唱和集』에서 확인할 수 있다. 稻生若水의 경우, 교토에서 왕로와 귀로 두 차례에 걸쳐 제술관 李礥(1654~?)과 서기 洪舜衍(1653~?), 嚴漢重(1664~?), 南聖重(1666~?)을 만났다. 그는 『庶物類纂』의 편찬자로 널리 알려져 있는데, 『庶物類纂』 편찬은 加賀藩의 藩主 前田綱紀의 지원 아래 이루어졌던 사업이었다. 제자 丹羽正伯(1691~1756)가 이어받아 1738년에야 완성한 이 책은 총 1,054권에 이르고 전체 26속 3,590종의

---

21 ロナルド·トビ, 『鎖國という外交』 52쪽: "日本における儒學は國家に利用価値が認められる一種類の専門知識にすぎなかった"

22 安西安周, 『日本儒醫硏究』 42쪽: "諸家中町中讀書の者大半医を兼ねたれ"

동식물이 소개되어 있다. 따라서 稻生若水의 필담은 당시 그의 관심사인 박물학적 지식에 관한 것이 주를 이루고 있다.

> 이현 : 이 물고기는 우리나라의 송어입니다. 조령의 동남 지방에 많이 있어 아주 귀하지는 않습니다.
>
> 홍순연 : 이 물고기는 우리나라 농어와 매우 닮았습니다. 귀국에도 농어가 있는지 모르겠지만 이것과 같지 않습니까? 농어가 아니라면 내가 아는 것이 아닙니다.
>
> 엄한중 : 우리나라 동해에도 이 물고기가 많습니다. 이름은 송어입니다.
>
> 남성중 : 이 물고기는 우리나라 송어입니다. 연어와 성질이 같으나 몸집이 작으면 우리나라 동해에서 납니다. 7,8월 사이에 바다에서 떼를 지어 강으로 올라가는데 몸이 바위에 갈려 비늘이 다 떨어져 나가 죽기까지 하니 그 성질을 모르겠습니다.[23]

稻生若水는 일본산 동식물을 직접 가지고 가서 조선 문사에게 보이며 의견을 구하였다. 위는 일본에서 '鮏'이라고 부르는 물고기에 관한 이현 일행의 대답이다. 그는 실물을 보여주었고 매우 자세하게 물고기의 습성에 대해 설명한 후 조선에도 있는지 어떤 명칭인지 묻는다. 매우 상세하고 전문적인 질문 내용에 비해 위에 보이듯 이현 일행의 대답은 단순히 자신의 경험에 기대어 물고기 이름 정도를 추정하고

23 『鷄林唱和集』 5권:"答 東郭 此魚卽我國松魚 嶺之東南多有之 不甚貴也 答 鏡湖 此魚絶似我國鱸魚 未知貴邦亦有鱸魚 而不與此同耶 若非鱸則非僕所可知也 答 龍湖 我國東海亦多有此魚 其名松魚也 答 泛叟 此魚是我國松魚也 與鰱性同而體小 我國東海所産 七八月之間 自海作隊 游上川溪 或磨身於石 鱗脫不止 至於身斃 未知其性也"

있을 뿐이다. 더구나 홍순연은 '농어'라는 다른 의견을 내놓기까지 한다. 이 필담의 말미에 稻生若水는 다음과 같이 기록해 놓았다.

> 『東醫寶鑑』을 살펴보니 "송어는 성질이 태평하고 맛이 달며 독이 없다. 맛이 珍奇하고 살지다. 색은 붉으면서 선명하다. 소나무 마디 같아서 이름이 송어이다. 동북쪽 바다에서 난다."라고 하였다. 지금 남성중의 대답에다 『동의보감』의 설명을 참고하니 '鮏'은 송어와 같은 것이다. 그러나 송어라는 이름은 역시 東韓의 방언이지 중화에서 부르는 것이 아니다. 『八閩通志』, 『閩書』, 『興化府志』, 『障州府志』, 『福州府志』, 『汀州府誌』, 『海澄縣志』 등의 책에 모두 송어가 실려 있으나 형상이 이것과 매우 다르다. 다른 종류인데 이름이 같을 뿐이다. 자렵어를 도미라고 하고 담배를 남령초라고 하는 것은 모두 저들의 방언이지 바른 명칭이 아니다.[24]

위 기록에서 보이듯 稻生若水는 다수의 의견을 따라 이 물고기를 '송어'라고 추정한 후 비교적 자세한 남성중의 대답과 조선의 책인 『東醫寶鑑』의 기록을 비교하여 '송어'로 결론은 내린다. 다시 '송어'가 중국의 송어와 같은 것인지 확인하기 위해 중국의 여러 지방지를 조사한 후 송어는 정확한 명칭이 아니라 그저 조선의 방언인 것으로 결론을 맺고 있다.

24 『鶏林唱和集』 5권: "按東醫寶鑑曰 松魚性平 味甘無毒 味極珍肉肥 色赤而鮮明 如松節故名爲松魚 生東北海中 今以南仲容所答 參之寶鑑說明 是鮏與松魚一物也 然其名爲松魚 亦自是東韓方言 而非華人所稱者也 八閩通志閩書興化府志障州府志福州府志汀州府誌海澄縣志等書 俱載松魚 所著形象 與此大異也 殊類而同名爾 以棘鬣魚爲道美魚 烟艸爲南靈艸類 皆是彼中方言 非正名也"

稻生若水는 『庶物類纂』이라는 박물지를 편찬하기 위해 자료를 수집하고 분석하는 학자라는 입장에 있다. 그러나 이현 등의 조선 문사는 한문을 짓는 능력인 文才를 기준으로 선발된 인물이다. 혹 동식물에 관한 지식을 갖춘 사람이 있을지라도 본업과 상관없는 취미의 산물이기 때문에 전문인인 稻生若水와 같은 수준이기는 어려웠을 것이다.

이러한 상황에서도 稻生若水는 미완의 類書를 보여주며 序文 써주기를 부탁하였다. 남성중은 "서발문은 문인 학사가 맡은 것이지만 저 같은 속된 선비가 어찌 감히 대가의 책에 다른 글씨를 쓰겠습니까? 족하께도 빛이 없을 것이니 강요하지 말아주십시오."[25]라고 거절하였다. 제술관 등이 맡은 외교 임무란 남성중이 말한 대로 일본문인을 위해 序跋文을 짓는 것에 불과할 뿐이지, 박물학적 지식까지 망라하기는 어려운 것이다. 그런데도 稻生若水는 재차 부탁하였고 제술관 이현이 그를 위해 서문을 써주었다. 비록 전문적인 지식을 얻을 수는 없으나 조선 문사가 책을 읽고 써준 서문은 책의 권위를 보장해주는 효용성이 있었던 것이다.

> 稻生若水 : 이 나뭇잎은 세 개의 뾰족한 끝이 있고 겨울에 시들지 않으며 봄에 가느다란 꽃이 핍니다. 열매의 크기는 대두만하고 모여서 둥글게 공처럼 되며 생길 때는 파랗고 익으면 자흑색이 됩니다. 나무에 진액이 있어 엉기면 향이 나고 색이 붉습니다. 이름은 선인장 나무입니다.

25 "敍跋之文 卽文人學士之所居 如僕腐儒 安敢二筆於大家之書乎 於足下亦無光 幸勿强之也"

기두문 : 이 나무가 선인장과 비슷하지만 역시 삼대의 약초는 아닙니다.

稻生若水 : 인삼 싹의 형상은, 陶弘景(456~536)에 의거하면 "薺苨와 같으나 잎이 조금 다르다"라고 하고 중국책에서 논박하기를 "싹은 五加와 비슷하나 넓고 짧다. 줄기는 둥글고 서너 개의 가장귀가 있는데 가장귀 끝에 다섯 개의 잎이 있다"라고 하여 두 설이 다릅니다. 어느 설이 가깝습니까?

기두문 : 전자가 맞습니다.

稻生若水 : 白附子 싹의 형상은 어떻습니까? 草烏頭의 한 종류는 가는 줄기가 덩굴 같은데 白花者인지 묻겠습니다. 모르겠습니다만 이것이 바로 백부자입니까?

기두문 : 이것이 진짜 백부자입니다.[26]

위 문답은 良醫 奇斗文과 나눈 필담의 일부이다. 稻生若水는 식물을 직접 들고 와서 기두문에게 하나하나 묻고 있는데, 기두문은 확신을 가지고 대답을 해준다. 제술관 일행이 경험에 의존해 대답한 것과 달리 자신의 지식을 바탕으로 말하고 있기 때문이다. 稻生若水가 편찬하는 類書에는 수많은 동식물이 포함되어 있다. 기두문은 의원이기 때문에 약초에 관한 한 자신의 지식을 기반으로 대답을 해줄 수가 있었다.

26 『鷄林唱和集』 4권: "問 若水 此樹葉有三尖 冬月不凋 春開細花 結子大如大豆 攢爲毬 生靑熟紫墨色 樹有脂膠 凝香色赤 名仙人掌樹 答 斗文 此樹雖似仙人之掌 亦非三代之藥也 問 若水 人參苗狀 據陶隱居謂 根莖都似薺苨而葉少異 唐本駁之云 苗似五加而濶短 莖圓有三四椏 椏頭有五葉 二說不同 以何說爲近也 答 斗文 上言是也 問 若水 白附子苗狀如何 艸烏頭有一種 細莖如蔓 問白花者 不知 此卽白附子否 答 斗文 此白附子眞也"

전문지식인이라는 점에서 稻生若水는 제술관보다 양의의 성격에 더 가깝다고 할 수 있다.

이런 경향은 儒醫의 필담에서도 볼 수 있다. 福岡藩의 유학자이자 의사이기도 했던 竹田春庵은 편지에 가까운 장문의 질문을 제술관 이현과 양의 기두문에게 각각 보내 답을 받았다.

竹田春庵이 이현에게 보낸 질문은 크게 두 가지로 요약된다. 하나는 조선의 유학은 한결같이 程朱學만을 따르는지, 아니면 새로운 설을 세워 일가를 이룬 학자가 있는지에 대한 질문이었고, 다른 하나는 경전을 공부하는 데 어떤 주해서를 보며 도움을 받는지에 관한 것이었다.[27] 程朱學者인 貝原益軒(1630~1714)의 제자이기는 하였으나 정주학을 맹종하지는 않았던 竹田春庵의 태도가 그대로 드러나는 질문이라고 할 수 있다.

竹田春庵이 기두문에게는 다음과 같은 질문을 보냈다.

> 우리나라는 약제가 매우 적어서 대체로 중국 약제 1제를 열로 나누어 1첩을 만들고 약을 달이는 물도 小碗을 기준으로 합니다. 이는 우

27 『鷄林唱和集』 14권: "僕嘗讀退溪先生書 知其爲粹美之眞儒 敬服尤深 其他如陽村晦齋等諸先生 亦已見其書 而知其爲人 且聞爾後繼作 不乏其人 可記濂洛學脉已東矣 明儒除丘瓊山薛敬軒等數輩外 多是好異衒奇 妄誹程朱 所謂操戈入室者 恐難信從焉 及觀邇年所航華書 則其言較平穩 與明末諸儒之風 稍不同 雖有一二與程朱子合者 還多所發明 不知貴邦 目今諸儒 一從程朱爲宗耶 或學陸王 或立新說作一家之學者 亦有之耶 方孝孺記違朱子不背道 不知高意以此言亦爲有理否 更問明儒所著四書註翼極多 而其遇好書尤希矣 獨以大全蒙引存疑淺說等數部稱巨擘 然近儒往往議之作俗書 如呂晩村孫詒仲等輩 强辯其謬 敢問欲講習四書者於朱注外 看何書正佳 不知尊意爲好何 且貴邦儒先所著經翼 有何書耶 僕未得見之爲深憾 幸示書目 希他後探索快一覽 統祈無吝淸誨 恭賜垂諭厚荷鴻慈"

> 리나라는 위와 장이 약한 사람이 많아 다량으로 복용하는 것을 견디지 못하기 때문입니다. 모르겠습니다만 귀국의 약제는 중국의 제도를 똑같이 따릅니까? 그리고 생강을 쓸 때 1편이라고 하는 것은 두께와 크기가 무엇을 기준으로 합니까? 무게는 얼마나 됩니까? 중국 방서에서 적정량을 보지 못했으니 노고를 꺼리지 말고 가르쳐 주시기 바랍니다.[28]

竹田春庵의 질문을 살펴보면 그가 경서와 의학서를 다루는 태도에 별로 차이가 없음을 감지할 수 있다. 경전을 정확히 해독하기 위해 여러 註解書를 참고하고, 또 더 나아가 새로운 학설을 세우는 것에 별다른 거부감이 없다. 중국 약제의 양을 일본인의 체질에 맞게 변경하는 시도, 의학서에서 알 수 없는 부분을 질정하는 태도와 마찬가지이다. 그러나 제술관과 양의의 반응은 판이하다.

이현은 다른 필담이나 서한에서 좀처럼 찾아보기 어려운 장문의 답변을 보낸다. 내용은 조선은 程朱를 숭상하고 이단을 배척함을 밝히고, 정주학의 바름을 역설하는 것이었다. 竹田春庵이 거론했던 명나라 유학자들의 책은 "謬妄"한 것으로 비판하고 글자 해석에 매달리는 훈고학은 불필요할 뿐이며 "自家之心"을 스승으로 삼으라고 충고한다. 이현은 "먼저 소학을 읽어 灑掃應對의 절목을 알고 다음으로 대학을 읽어 '修身齊家治國平天下'의 항목을 이해 한 후 논어, 맹자, 육경을

28 『鷄林唱和集』 14권: "本邦藥劑極少 大抵以中華藥餌一劑 十分爲一貼 煎藥水亦用小碗準之 此以吾邦人多腸胃軟脆 不堪受大服也 不知貴邦藥劑一依中華之制耶 且用生薑其云一片者 其厚闊以何爲準 其重數幾何 於中華方書未見其的量 請不憚煩勞賜敎諭幸甚"

오랫동안 익혀 大義를 궁구하고 濂洛群賢의 글을 참고하여 일가의 학문을 이루면 우리 유자가 할 수 있는 일이 끝난다."[29]라고 하여 읽을 책의 목록을 정리하였다. 儒者라면 누구나 알 수 있는 얘기인 것이다.

기두문에게 보낸 질문은 약을 지을 때 중국식 계량을 일본인의 몸에 맞게 바꾸었는데 조선은 어떠한지와, 중국 의학서에 나오는 생강 1편의 정확한 크기와 무게가 어떻게 되는지에 대한 것이었다. 이에 대해 기두문은 필요한 사항을 자세히 설명해 주었고 竹田春庵은 의심나는 사항을 역관을 통해 다시 전하였다. 기두문은 竹田春庵의 의학적 소견이 자신과 다르더라도 개의치 않는다. 그의 질문에 아는 만큼의 대답을 해주고 "제 소견이 이러하니 옳은지 모르겠습니다.(管見如斯 未知是否)" 정도로 마무리가 된다.

조선 문사에게 경전은 "文以載道"로 설명되며, 道가 주가 되고 文은 末葉에 불과한 것이었다. 훈고학과 같이 文에 매달리는 것은 중요한 것을 놓아두고 末에만 매달리는 소용없는 짓으로 간주된다. 末에 근거하여 도를 흐리는 여타 유자의 설들은 이단에 해당하는 것이다. 제술관 일행이 이처럼 정주학을 고수하는 태도를 견지하는 배경에는 『莊子』의 구절을 인용한 科詩도 용납되지 않는 국가의 시스템이 있다.

반면 일본 문사에게 정주학은, 의학에서 보자면 여러 가지 처방서 중 하나일 뿐이다. 더 많은 漢學의 지식을 쌓기 위해 여러 사람의 견해를 접하는 것은 오히려 권장할만한 것이며, 자구에 대한 정확한 해석

29 『鷄林唱和集』 14권: "先讀小學以知洒掃應對之節 次讀大學以知脩齊治平之目 然後淹熟論孟六經諸書 究其大義 參至以濂洛羣書 以成一家之學 則吾儒之能事畢矣"

은 전문 지식인으로서 연마해야 할 부분이기도 하다. 바꾸어 말하자면 儒學이라는 것은 일본의 사회질서에 별로 파장을 주지 않는 醫學 정도의 위상에 있었다고 할 수 있다.

1711년 조선에서 이단으로 취급하는 학설에 대한 언급은 이미 거부당하기 시작했다고 볼 수 있다. 앞서 거론하였던 바 静岡의 승려가 佛法을 논하다가 제술관 일행의 거센 반발에 부딪힌 후 京都의 승려들에게 쓰시마 記室이 미리 충고했던 예는 儒者들에게도 충분히 있을 수 있는 상황이다. 이후 사행부터 古義學이나 古文辭처럼 조선문사의 반발을 예상할 수 있는 화제가 걸러지게 될 가능성이 생겨나는 한편, 제술관 일행과의 필담이 학문적 토론을 비켜나서 일상적이고 단순한 경향으로 흐르게 되었을 것임을 유추할 수 있다.

그러나 의술이라는 공통 주제를 가지고 만난 良醫는 일본 지식인들의 성격과 상통하는 면이 있다. 이 시기 독자적인 의학 필담집인 北尾春圃의 『桑韓醫談』이 출현하였고 이후 의학필담의 출현이 더욱 활발해진 것은 의학지식에 대해서는 경학과 같은 타부가 존재하지 않았기 때문이라고 볼 수 있다.

5. 맺음말

1711년 일본 문사의 수적인 증대에 따라 조선 문사가 접하는 일본 문사의 층위는 다양해졌다. 이 시기 양국 문사들은 시행착오 속에서 서로를 탐색하고 대화의 방식을 결정해 나갔다.

여기에 가장 큰 요인으로 작용한 것이 양국 문사의 이질적인 신분 성격이었다. 과거를 통해 관료를 선발했던 조선과 武家가 세습을 하는 일본은 儒者의 신분적 성격이 태생적으로 다를 수밖에 없었다. 통신사로 파견되는 조선 문사는 한문으로 문장을 짓고 문학작품인 시를 짓는다고 하더라도, 기본적으로는 관리의 성격을 가지고 있을 수밖에 없었다. 반면 이들과 만난 일본 儒官은 藩이나 幕府에 속한 한문지식의 담당층이었기 때문에 지식인의 성격에 가까웠다.

따라서 문장을 통해 이루려는 목적도 달랐다. 조선의 외교 관료는 일본 문사와 글을 통해 교류함으로써 交隣이라는 외교적 목적을 달성하면서도 동시에 偵探이라는 또 다른 임무를 수행해야 했다. 일본 문인들의 창수에 성실히 응하는 태도는 문인의 모습이 아니라 왕명을 받드는 관료의 태도이다. 그러나 일본 문사는 전문적인 지식을 다루는 계층이었기 때문에 조선 문사에게도 학술적인 토론과 지식의 전수를 기대했던 것으로 보인다.

이러한 기대의 차이는 필담의 전개에 영향을 미쳤다. 조선에서 사회질서의 근간이 되는 程朱學이 일본 문사들에게는 한문 지식의 일부분으로 취급되는 상황을 조선쪽에서 받아들이기 어려웠다. 경전 해석에 관한 논의는 일본 문사들에게 단순한 한문 자구 해석의 문제였으나 조선 문사에게는 사상의 문제가 되었으므로, 이러한 논의를 필담에서 기대할 수는 없었다. 이외 박물학적 지식도 일본 문사가 조선의 문사와 함께 나눌 수 있는 부분이 아니었다. 이러한 상황 하에서도 일본 문사에게 제술관 일행과의 필담창화가 의미가 있었던 이유는, 그들과의 교류가 자신의 한문학적 능력을 객관적으로 검증해 보일 수 있는 기회였기 때문이었다. 이를 위해 자신이 편찬한 책이나 시집을 보여주고 서문을 받으려 하였던 것이다.

이 과정에서 임시로 설치되는 직임인 양의가 필담의 담당자로 부상하였다. 전문지식인이라는 의원이라는 신분적 특성이 일본 문사들의 요구에 합치하는 면이 있었다. 그리하여 여러 한문학적 지식 가운데 양의는 본초와 의술에 관한 부분을 맡게 되었던 것이다. 1711년의 필담창화집들에서 양의와의 학술필담이 시작되는 모습을 확인할 수 있다.

이상과 같이 1711년 양국 문사의 교류는 일본 문사들과 제술관 일행의 시문창화 위주의 교류와, 儒醫들을 중심으로 한 良醫와의 교류로 분화했음을 볼 수 있다. 일본 문사들은 전자를 통해 자신들의 한문능력을 검증하고자 했으며, 후자를 통해서는 의학적 전문지식을 탐구하고자 하였다. 관료와 지식인이라는 양국 문사들의 신분적 이질성이 이러한 분화의 단초를 제공했던 것이다.

조선후기 통신사 필담창화집 번역총서를 간행하면서

20세기 초까지 한자(漢字)는 동아시아 사회의 공동문자였다. 국경의 벽이 높아서 사신 외에는 국제적인 교류가 불가능했지만, 문자를 통한 교류는 활발했다. 중국에서 간행된 한문 전적이 이천년 동안 계속 한국과 일본을 비롯한 주변 나라에 전파되었으며, 사신의 수행원들은 상대방 나라의 말을 못해도 상대방 문인들에게 한시(漢詩)를 창화(唱和)하여 감정을 전달하거나 필담(筆談)을 하며 의사를 소통했다.

동아시아 삼국이 얽혀 싸웠던 임진왜란이 7년 만에 끝난 뒤, 조선에 군대를 파견하였던 중국과 일본은 각기 왕조와 정권이 바뀌었다. 중국에는 이민족인 청나라가 건국되고 일본에는 도쿠가와 막부가 세워졌다. 조선과 일본은 강화회담이 결실을 맺어 포로도 쇄환하고 장군이 계승할 때마다 통신사를 파견하여 외교를 회복했지만, 청나라와에도 막부는 끝내 외교를 회복하지 못하고 단절상태가 계속되었다. 일본은 조선을 통해서 대륙문화를 받아들일 수밖에 없었고, 그 방법 중 하나가 바로 통신사를 초청 때에 시인, 화가, 의원 등의 각 분야 전문가를 초청하는 것이었다.

오백 명 규모의 문화사절단 통신사

연암 박지원은 천재시인 이언진(李彦瑱, 1740~1766)이 11차 통신사 수행원으로 일본에 다녀온 지 2년 만에 세상을 뜨자, 이를 애석히 여겨 「우상전」을 지었다. 그 첫머리에 일본이 조선에 다양한 전문가들로 구성된 문화사절단을 파견해 달라고 요청한 사연이 실려 있다.

> 일본의 관백(關白)이 새로 정권을 잡자, 그는 저축을 늘리고 건물을 수리했으며, 선박을 손질하고 속국의 여러 섬들을 깎아서 자기 소유로 만들었다. 그 밖에도 기재(奇才)·검객(劍客)·궤기(詭技)·음교(淫巧)·서화(書畵)·문학 같은 여러 분야의 인물들을 서울로 모아들여 훈련시키고 계획을 갖추었다. 그런 지 몇 달 뒤에야 우리나라에 사신을 파견해 달라고 요청하였는데, 마치 상국(上國)의 조명(詔命)을 기다리는 것처럼 공손하였다.
>
> 그러자 우리 조정에서는 문신 가운데 3품 이하를 골라 뽑아서 삼사(三使)를 갖추어 보냈다. 이들을 수행하는 사람들도 모두 말 잘하고 많이 아는 자들이었다. 천문·지리·산수·점술·의술·관상·무력으로부터 퉁소 잘 부는 사람, 술 잘 마시는 사람, 장기나 바둑 잘 두는 사람, 말을 잘 타거나 활을 잘 쏘는 사람에 이르기까지, 한 가지 기술로 나라 안에서 이름난 사람들은 모두 함께 따라가게 되었다. 그런데 이들 가운데서도 문장과 서화를 가장 중요하게 여기지 않을 수가 없었다. 왜냐하면 그들은 조선 사람의 작품 가운데 한 글자만 얻어도 양식을 싸지 않고 천리 길을 갈 수 있기 때문이었다.

도쿠가와 이에하루(德川家治)가 쇼군을 계승하자 일본 각 분야의 대표적인 인물들을 에도로 불러들여 조선 사절단 맞을 준비를 시킨 뒤,

"마치 상국의 조서를 기다리는 것처럼 공손하게" 조선에 통신사를 요청하였다. 중국과 공식적인 외교가 단절되었으므로, 대륙문화를 받아들이기 위해 조선을 상국같이 모신 것이다. 사무라이 국가 일본에는 과거제도가 없기 때문에 한문학을 직업삼아 평생 파고든 지식인들이 적어서, 일본인들은 조선 문인의 문장과 서화를 보물같이 여겼다.

조선에서도 국위를 선양하기 위해 여러 분야의 문화 전문가들을 선발하여 파견했는데, 『계림창화집(鷄林唱和集)』이 출판된 8차 통신사(1711년) 때에는 500명을 파견했다. 당시 쓰시마에서 에도까지 왕복하는 동안 일본인들이 숙소마다 찾아와 필담을 나누거나 한시를 주고받았는데, 필담집이나 창화집은 곧바로 출판되어 널리 읽혔다. 필담창화에 참여한 일본 지식인은 대륙의 새로운 지식을 얻었을 뿐만 아니라, 일본 사회에서 전문가로서의 위상도 획득하였다.

8차 통신사 때에 출판된 필담 창화집은 현재 9종이 확인되었으며, 필담 창화에 참여한 일본 문인은 250여 명이나 된다. 이는 7차까지 출판된 필담 창화집을 모두 합한 것보다 훨씬 많은 수인데, 통신사 파견이 100년 가까이 되자 일본에서도 한문학 지식인 계층이 두터워졌음을 알 수 있다. 8차 통신사에 참여한 일행 가운데 2명은 기행문을 남겼는데, 부사 임수간(任守幹)이 기록한 『동사록(東槎錄)』이나 역관 김현문(金顯門)이 기록한 또 하나의 『동사록』이 조선에 돌아와 남에게 보여주기 위해 일방적으로 쓴 글이라면, 필담 창화집은 일본에서 조선과 일본의 지식인들이 마주앉아 함께 기록한 글이다. 그러기에 타인의 눈을 통해 자신의 모습을 객관적으로 볼 수 있다.

16권 16책의 방대한 분량으로 다양한 주제를 정리한 『계림창화집』

에도막부 초기의 일본 지식인은 주로 승려였기에, 당연히 승려들이 통신사를 접대하고, 필담에 참여하였다. 그 다음으로 유자(儒者)들이 있었는데, 로널드 토비는 이들을 조선의 유학자와 비교해 "일본의 유학자는 국가에 이용가치를 인정받은 일종의 전문 지식인에 지나지 않았다"고 규정하였다. 그 가운데 상당수는 의원이었으므로 흔히 유의(儒醫)라고 하는데, 한문으로 된 의서를 읽다보니 유학에도 관심을 가지게 된 것이다. 이노 작스이(稲生若水)가 물고기 한 마리를 가지고 제술관 이현과 서기 홍순연 일행을 찾아가서 필담을 나눈 기록이 『계림창화집』 권5에 실려 있다.

> 이 현 : 이 물고기는 우리나라의 송어입니다. 조령의 동남 지방에 많이 있어, 아주 귀하지는 않습니다.
>
> 홍순연 : 이 물고기는 우리나라의 농어와 매우 닮았습니다. 귀국에도 농어가 있는지 모르겠지만, 이것과 같지 않습니까? 농어가 아니라면 내가 아는 물고기가 아닙니다.
>
> 남성중 : 이 물고기는 우리나라 송어입니다. 연어와 성질이 같으나 몸집이 작으며, 우리나라 동해에서 납니다. 7-8월 사이에 바다에서 떼를 지어 강으로 올라가는데, 몸이 바위에 갈려 비늘이 다 떨어져 나가 죽기까지 하니 그 성질을 모르겠습니다.

그는 일본산 물고기의 습성을 자세히 설명하고 조선에도 있는지 물었지만, 조선 문인들은 이 방면의 전문가들이 아니어서 이름 정도나 추정했을 뿐이다. 홍순연은 농어라고 엉뚱하게 대답하기까지 하였다. 조선 문인이라면 모든 것을 알 수 있을 것이라고 기대했기에 생긴 결과인데, 아직 의학필담으로 분화되기 이전의 형태다. 이 필담 말미에 이노 작스이는 이런 기록을 덧붙여 마무리했다.

> 『동의보감』을 살펴보니 "송어는 성질이 태평하고 맛이 달며 독이 없다. 맛이 진기하고 살지다. 색은 붉으면서 선명하다. 소나무 마디 같아서 이름이 송어이다. 동북쪽 바다에서 난다"고 하였다. 지금 남성중의 대답에 『동의보감』의 설명을 참고하니, '鮏'은 송어와 같은 것이다. 그러나 '송어'라는 이름은 조선의 방언이지, 중화에서 부르는 이름이 아니다. 『팔민통지(八閩通志)』(줄임) 『해징현지(海澄縣志)』 등의 책에 모두 송어가 실려 있으나, 모습이 이것과 매우 다르다. 다른 종류인데, 이름이 같을 뿐이다.

기록에서 보듯, 이노 작스이는 다수의 의견에 따라 이 물고기를 '송어'라고 추정한 후, 비교적 자세한 남성중의 대답과 『동의보감』의 기록을 비교하여 '송어'로 결론 내렸다. 그런 뒤에 조선의 '송어'가 중국의 송어와 같은 것인지 확인하기 위해 중국의 여러 지방지를 조사한 후, '송어'는 정확한 명칭이 아니라 그저 조선의 방언인 것으로 결론지었다. 양의(良醫) 기두문(奇斗文)에게는 약초를 가지고 가서 필담을 시도하였다.

> 稻生若水 : 이 나뭇잎은 세 개의 뾰족한 끝이 있고 겨울에 시들지 않으며, 봄에 가느다란 꽃이 핍니다. 열매의 크기는 대두만하고, 모여서 둥글게 공처럼 되며, 생길 때는 파랗고, 익으면 자흑색이 됩니다. 나무

에 진액이 있어 엉기면 향이 나고, 색이 붉습니다. 이름은 선인장 나무입니다. (줄임)

기두문 : 이것이 진짜 백부자(白附子)입니다.

제술관이나 서기들이 경험에 의존해 대답한 것과 달리, 기두문은 의원이었으므로 자신의 지식을 바탕으로 확실하게 대답하였다. 구지현박사의 연구에 의하면 이노 작스이는 『서물류찬(庶物類纂)』이라는 박물지를 편찬하기 위해 방대한 자료를 수집·고증하고 있었는데, 문화 선진국 조선의 문인에게 서문을 부탁하여, 제술관 이현이 써 주었다. 1,054권이나 되는 일본 최대의 백과사전에 조선 문인이 서문을 써 주어 권위를 얻게 된 것이다.

출판사 주인이 상업적인 출판을 위해 직접 필담에 참여하다

초기의 필담 창화집은 일본의 시인, 유학자, 의원 등 전문 지식인이 번주(藩主)의 명령이나 자신의 정보욕, 명예욕에 따라 필담에 나선 결과물이지만, 『계림창화집』 16권 16책은 출판사 주인이 직접 전국 각 지역에서 발생한 필담 창화 원고들을 수집하여 출판한 것이다. 따라서 필담 창화 인원도 수십 명에 이르며, 많은 자본을 들여서 출판하였다. 막부(幕府)의 어용 서적을 공급하던 게이분칸(奎文館) 주인 세오겐베이(瀨尾源兵衛, 1691~1728)가 21세 청년의 몸으로 교토지역 필담에 참여해 『계림창화집』 권6을 편집하고, 다른 지역의 필담 창화 원고까지 모두 수집해 16권 16책을 출판했을 뿐 아니라, 여기에 빠진 원고들까지 수집해 『칠가창화집(七家唱和集)』 10권 10책을 출판하였다.

『칠가창화집』은 『계림창화속집』이라고도 불렸는데, 7차 사행 때의 최대 필담 창화집인 『화한창수집(和韓唱酬集)』 4권 7책의 갑절 규모에 해당한다. 규모가 이러하니 자본 또한 막대하게 소요되어, 고쇼모노도코로(御書物所)인 이즈모지 이즈미노조(出雲寺 和泉掾) 쇼하쿠도(松栢堂)와 공동 투자하여 출판하였다. 게이분칸(奎文館)에서는 9차 사행 때에도 『상한창화훈지집(桑韓唱和塤篪集)』 11권 11책을 출판하여, 세오겐베이(瀨尾源兵衛)는 29세에 이미 대표적인 출판업자로 자리매김하게 되었다. 그러나 안타깝게도 38세에 세상을 떠나, 더 이상의 거질 필담 창화집은 간행되지 못했다.

필담창화집 178책을 수집하여 원문을 입력하고 번역한 결과물

나는 조선시대 한문학 연구가 조선 국경 안의 한문학만이 아니라 국경 너머 오가며 외국인들과 주고받은 한자 기록물까지 연구해야 한다는 생각으로, 첫 번째 박사논문을 지도하면서 '통신사 필담창화집'을 과제로 주었다. 구지현 선생은 1763년에 파견된 11차 통신사 구성원들이 기록한 사행록 9종과 필담창화집 30종을 수집하여 분석했는데, 박사학위를 받은 뒤에도 필담창화집을 계속 수집하여 2008년 한국학술진흥재단의 토대연구에 『조선후기 통신사 필담창수집의 수집, 번역 및 데이터베이스 구축』이라는 과제를 신청하였다. 이 과제를 진행하면서 우리 팀에서 수집한 필담창화집 178책의 목록과, 우리가 예상한 작업진도 및 번역 분량은 다음과 같다.

1) 1차년도(2008. 7.~2009. 6.) : 1607년(1차 사행)에서 1711년(8차 사행)까지

연번	필담창화집 책 제목	면 수	1면 당 행수	1행 당 글자 수	예상되는 원문 글자 수
001	朝鮮筆談集	44	8	15	5,280
002	朝鮮三官使酬和	24	23	9	4,968
003	和韓唱酬集首	74	10	14	10,360
004	和韓唱酬集一	152	10	14	21,280
005	和韓唱酬集二	130	10	14	18,200
006	和韓唱酬集三	90	10	14	12,600
007	和韓唱酬集四	53	10	14	7,420
008	和韓唱酬集(결본)				
009	韓使手口錄	94	10	21	19,740
010	朝鮮人筆談并贈答詩(國圖本)	24	10	19	4,560
011	朝鮮人筆談并贈答詩(東京都立本)	78	10	18	14,040
012	任處士筆語	55	10	19	10,450
013	水戶公朝鮮人贈答集	65	9	20	11,700
014	西山遺事附朝鮮使書簡	48	9	16	6,912
015	木下順菴稿	59	7	10	4,130
016	鷄林唱和集1	96	9	18	15,552
017	鷄林唱和集2	102	9	18	16,524
018	鷄林唱和集3	128	9	18	20,736
019	鷄林唱和集4	122	9	18	19,764
020	鷄林唱和集5	110	9	18	17,820
021	鷄林唱和集6	115	9	18	18,630
022	鷄林唱和集7	104	9	18	16,848
023	鷄林唱和集8	129	9	18	20,898
024	觀樂筆談	49	9	16	7,056
025	廣陵問槎錄上	72	7	20	10,080
026	廣陵問槎錄下	64	7	19	8,512
027	問槎二種上	84	7	19	11,172

028	問槎二種中	50	7	19	6,650
029	問槎二種下	73	7	19	9,709
030	尾陽倡和錄	50	8	14	5,600
031	槎客通筒集	140	10	17	23,800
032	桑韓醫談	88	9	18	14,256
033	辛卯唱酬詩	26	7	11	2,002
034	辛卯韓客贈答	118	8	16	15,104
035	辛卯和韓唱酬	70	10	20	14,000
036	兩東唱和錄上	56	10	20	11,200
037	兩東唱和錄下	60	10	20	12,000
038	兩東唱和後錄	42	10	20	8,400
039	正德韓槎諭禮	16	10	18	2,880
040	朝鮮客館詩文稿(내용 중복)	0	0	0	0
041	坐間筆語附江關筆談	44	10	20	8,800
042	七家唱和集-班荊集	74	9	18	11,988
043	七家唱和集-正德和韓集	89	9	18	14,418
044	七家唱和集-支機閒談	74	9	18	11,988
045	七家唱和集-朝鮮客館詩文稿	48	9	18	7,776
046	七家唱和集-桑韓唱酬集	20	9	18	3,240
047	七家唱和集-桑韓唱和集	54	9	18	8,748
048	七家唱和集-客館縞紵集	83	9	18	13,446
049	韓客贈答別集	222	9	19	37,962
예상 총 글자수					589,839
1차년도 예상 번역 매수 (200자원고지)					약 8,900매

2) 2차년도(2009. 7.~2010. 6.) : 1719년(9차 사행)에서 1748년(10차 사행)까지

연번	필담창화집 책 제목	면수	1면 당 행수	1행 당 글자 수	예상되는 원문 글자 수
050	客館璀璨集	50	9	18	8,100
051	蓬島遺珠	54	9	18	8,748
052	三林韓客唱和集	140	9	19	23,940
053	桑韓星槎餘響	47	9	18	7,614

054	桑韓星槎答響	106	9	18	17,172
055	桑韓唱酬集1권	43	9	20	7,740
056	桑韓唱酬集2권	38	9	20	6,840
057	桑韓唱酬集3권	46	9	20	8,280
058	桑韓唱和塤篪集1권	42	10	20	8,400
059	桑韓唱和塤篪集2권	62	10	20	12,400
060	桑韓唱和塤篪集3권	49	10	20	9,800
061	桑韓唱和塤篪集4권	42	10	20	8,400
062	桑韓唱和塤篪集5권	52	10	20	10,400
063	桑韓唱和塤篪集6권	83	10	20	16,600
064	桑韓唱和塤篪集7권	66	10	20	13,200
065	桑韓唱和塤篪集8권	52	10	20	10,400
066	桑韓唱和塤篪集9권	63	10	20	12,600
067	桑韓唱和塤篪集10권	56	10	20	11,200
068	桑韓唱和塤篪集11권	35	10	20	7,000
069	信陽山人韓館倡和稿	40	9	19	6,840
070	兩關唱和集1권	44	9	20	7,920
071	兩關唱和集2권	56	9	20	10,080
072	朝鮮人對詩集1권	160	8	19	24,320
073	朝鮮人對詩集2권	186	8	19	28,272
074	韓客唱和/浪華唱和合章	86	6	12	6,192
075	和韓唱和	100	9	20	18,000
076	來庭集	77	10	20	15,400
077	對麗筆語	34	10	20	6,800
078	鳴海驛唱和	96	7	18	12,096
079	蓬左賓館集	14	10	18	2,520
080	蓬左賓館唱和	10	10	18	1,800
081	桑韓醫問答	84	9	17	12,852
082	桑韓鏘鏗錄1권	40	10	20	8,000
083	桑韓鏘鏗錄2권	43	10	20	8,600
084	桑韓鏘鏗錄3권	36	10	20	7,200
085	桑韓萍梗錄	30	8	17	4,080
086	善隣風雅1권	80	10	20	16,000
087	善隣風雅2권	74	10	20	14,800
088	善隣風雅後篇1권	80	9	20	14,400

089	善隣風雅後篇2권	74	9	20	13,320
090	星軺餘轟	42	9	16	6,048
091	兩東筆語1권	70	9	20	12,600
092	兩東筆語2권	51	9	20	9,180
093	兩東筆語3권	49	9	20	8,820
094	延享五年韓人唱和集1권	10	10	18	1,800
095	延享五年韓人唱和集2권	10	10	18	1,800
096	延享五年韓人唱和集3권	22	10	18	3,960
097	延享韓使唱和	46	8	14	5,152
098	牛窓錄	22	10	21	4,620
099	林家韓館贈答1권	38	10	20	7,600
100	林家韓館贈答2권	32	10	20	6,400
101	長門戊辰問槎상권	50	10	20	10,000
102	長門戊辰問槎중권	51	10	20	10,200
103	長門戊辰問槎하권	20	10	20	4,000
104	丁卯酬和集	50	20	30	30,000
105	朝鮮筆談(元丈)	127	10	18	22,860
106	朝鮮筆談1권(河村春恒)	44	12	20	10,560
107	朝鮮筆談1권(河村春恒)	49	12	20	11,760
108	韓客對話贈答	44	10	16	7,040
109	韓客筆譚	91	8	18	13,104
110	韓人唱和詩	16	14	21	4,704
111	韓人唱和詩集1권	14	7	18	1,764
112	韓人唱和詩集1권	12	7	18	1,512
113	和韓文會	86	9	20	15,480
114	和韓唱和錄1권	68	9	20	12,240
115	和韓唱和錄2권	52	9	20	9,360
116	和韓唱和附錄	80	9	20	14,400
117	和韓筆談薰風編1권	78	9	20	14,040
118	和韓筆談薰風編2권	52	9	20	9,360
119	鴻臚傾蓋集	28	9	20	5,040
예상 총 글자수					723,730
2차년도 예상 번역 매수 (200자원고지)					약 10,850매

3) 3차년도(2010. 7.~ 2011. 6.) : 1763년(11차 사행)에서 1811년(12차 사행)까지

연번	필담창화집 책 제목	면수	1면당 행수	1행당 글자수	예상되는 원문 글자수
120	歌芝照乘	26	10	20	5,200
121	甲申槎客萍水集	210	9	18	34,020
122	甲申接槎錄	56	9	14	7,056
123	甲申韓人唱和歸國1권	72	8	20	11,520
124	甲申韓人唱和歸國2권	47	8	20	7,520
125	客館唱和	58	10	18	10,440
126	鷄壇嚶鳴 간본 부분	62	10	20	12,400
127	鷄壇嚶鳴 필사부분	82	8	16	10,496
128	奇事風聞	12	10	18	2,160
129	南宮先生講餘獨覽	50	9	20	9,000
130	東渡筆談	80	10	20	16,000
131	東槎餘談	104	10	21	21,840
132	東游篇	102	10	20	20,400
133	問槎餘響1권	60	9	20	10,800
134	問槎餘響2권	46	9	20	8,280
135	問佩集	54	9	20	9,720
136	賓館唱和集	42	7	13	3,822
137	三世唱和	23	15	17	5,865
138	桑韓筆語	78	11	22	18,876
139	松菴筆語	50	11	24	13,200
140	殊服同調集	62	10	20	12,400
141	快快餘響	136	8	22	23,936
142	兩東鬪語乾	59	10	20	11,800
143	兩東鬪語坤	121	10	20	24,200
144	兩好餘話상권	62	9	22	12,276
145	兩好餘話하권	50	9	22	9,900
146	倭韓醫談(刊本)	96	9	16	13,824
147	倭韓醫談(寫本)	63	12	20	15,120
148	栗齋探勝草1권	48	9	17	7,344
149	栗齋探勝草2권	50	9	17	7,650
150	長門癸甲問槎1권	66	11	22	15,972

151	長門癸甲問槎2권	62	11	22	15,004
152	長門癸甲問槎3권	80	11	22	19,360
153	長門癸甲問槎4권	54	11	22	13,068
154	萍遇錄	68	12	17	13,872
155	品川一燈	41	10	20	8,200
156	表海英華	54	10	20	10,800
157	河梁雅契	38	10	20	7,600
158	和韓醫談	60	10	20	12,000
159	韓客人相筆話	80	10	20	16,000
160	韓館應酬錄	45	10	20	9,000
161	韓館唱和1권	92	8	14	10,304
162	韓館唱和2권	78	8	14	8,736
163	韓館唱和3권	67	8	14	7,504
164	韓館唱和續集1권	180	8	14	20,160
165	韓館唱和續集2권	182	8	14	20,384
166	韓館唱和續集3권	110	8	14	12,320
167	韓館唱和別集	56	8	14	6,272
168	鴻臚摭華	112	10	12	13,440
169	鷄林情盟	63	10	20	12,600
170	對禮餘藻	90	10	20	18,000
171	對禮餘藻(明遠館叢書 57)	123	10	20	24,600
172	對禮餘藻(明遠館叢書 58)	132	10	20	26,400
173	三劉先生詩文	58	10	20	11,600
174	辛未和韓唱酬錄	80	13	19	19,760
175	接鮮瘖語(寫本)1	102	10	20	20,400
176	接鮮瘖語(寫本)2	110	11	21	25,410
177	精里筆談	17	10	20	3,400
178	中興五侯詠	42	9	20	7,560
예상 총 글자수					786,791
3차년도 예상 번역 매수 (200자원고지)					약 11,800매

1차년도에는 하우봉(전북대) 교수와 유경미(일본 나가사키국립대학) 교수를 공동연구원으로 하여 고운기, 구지현, 김형태, 허은주, 김용흠 박

사가 전임연구원으로 번역에 참여하였다. 3년 동안 기태완, 이지양, 진영미, 김유경, 김정신, 강지희 박사가 연구원으로 교체되어, 결국 35,000매나 되는 번역원고를 마무리하였다.

일본식 한문이 중국식 한문과 달라서 특히 인명이나 지명 번역이 힘들었는데, 번역문에서는 독자들이 읽기 쉽도록 한국식 한자음으로 표기하고, 첫 번째 각주에서만 일본식 한자음을 표기하였다. 원문을 표점 입력하는 방법은 고전번역원에서 채택한 방법을 권장했지만, 번역자마다 한문을 교육받고 번역해온 과정이 다르기 때문에 재량을 인정하였다. 원본 상태를 확인하려는 연구자를 위해 영인본을 뒤에 편집하였는데, 모두 국내외 소장처의 사용 승인을 받았다.

원문과 번역문을 합하여 200자원고지 5만 매 분량의『조선후기 통신사 필담창화집 번역총서』를 12,000면의 이미지와 함께 편집하고 4차에 나누어 10책씩 출판하는 과정이 복잡하고 힘들었기에, 연세대학교 정갑영 총장에게 편집비 지원을 신청하였다.『조선후기 통신사 필담창수집 번역본 30권 편집』 정책연구비(2012-1-0332)를 지원해주신 정갑영 총장에게 감사드린다.

『조선후기 통신사 필담창화집 번역총서』를 편집하는 과정에 문화재청으로부터『통신사기록 조사 및 번역, 데이터베이스 구축』 연구용역을 발주받게 되어, 필담창화집을 비롯한 통신사 관련 기록을 세계기록유산으로 등재하는 작업에 참여하게 된 것도 기쁜 일이다. 통신사 관련 기록들이 모두 데이터베이스로 구축되어 국내외 학자들이 한일문화교류, 나아가서는 동아시아문화교류 연구에 손쉽게 참여하게 된다면『통신사 필담창화집 번역총서』의 사명을 다하는 것이라고 생각한다.

조선후기 통신사가 동아시아 문화교류 연구에 중요한 이유는 임진왜란 이후에 중국(청나라)과 일본의 단절된 외교를 통신사가 간접적으로 이어주었기 때문이다. 통신사 필담창화집 번역총서 60권 출판이 마무리되면 조선후기에 한국(조선)과 중국(청나라) 지식인들이 주고받은 척독집 40여 권도 데이터베이스로 구축하여, 일본에서 조선을 거쳐 청나라로 이어지는 '동아시아 문화교류의 길' 데이터베이스를 국내외 학자들에게 제공하고자 한다.

허은주(許恩珠)

성심여대 의류직물학과 졸업 후 한양대 대학원 재학 중 일본 문부성 장학생으로 선발되어 오차노미즈(お茶の水) 여자대학교에서 석·박사 학위를 취득했다(인문박사, 국제일본학 전공). 연세대학교 국학연구원 연구원 및 연구교수를 역임했으며, 현재 명지대학교 국제한국학연구소 연구원으로 있다. 의복이 역사 속의 국제적인 상황에서 드러내는 상징성에 주목하여 근세 동아시아의 관복제도와 정치적 이데올로기의 문제에 관심을 가지고 있다.

주요 논문으로 「유복(儒服)과 유자 의식-하야시 라잔(林羅山)의 경우-」(한국일본언어문화학회, 『일본언어문화』 16), 「동아시아 관복제도와 근세 조일의 자의식・상호의식-조선의 문명교화론과 일본의 문명자립론-」(단국대학교 일본연구소, 『일본연구』 35) 등이 있으며, 역서로 『일본 근세의 '쇄국'이라는 외교』(로널드 토비 지음, 창해, 2013)가 있다.

김정신(金貞信)

1970년 서울 출생.

덕성여자대학교 사학과를 졸업한 후 연세대학교 대학원 사학과에서 문학석사, 문학박사 학위를 받았다. 현재 연세대학교 국학연구원 연구원으로 있다.

『조선전기 훈구사림 정치사상 비교』(박사학위논문), 「임진왜란 조선인 포로에 대한 기억과 전승-'節義'에 대한 顯彰과 排除를 중심으로-」, 「癸未通信使行(1763)의 학술교류-『南宮先生講餘獨覽』을 중심으로-」 등 조선시대 정치사상, 조선시대 한일관계사에 대한 여러 글이 있다.

조선후기 통신사 필담창화집 번역총서 8
水戸公朝鮮人贈答集·木下順菴稿

2013년 7월 26일 초판 1쇄 펴냄

역 자 허은주·김정신
발행인 김흥국
발행처 도서출판 보고사

등록 1990년 12월 13일 제6-0429호
주소 서울특별시 성북구 보문동7가 11번지 2층
전화 922-5120~1(편집), 922-2246(영업)
팩스 922-6990
메일 kanapub3@naver.com
http://www.bogosabooks.co.kr

ISBN 979-11-5516-063-3 94810
979-11-5516-055-8 (세트)

정가 20,000원

이 도서의 국립중앙도서관 출판시도서목록(CIP)은 서지정보유통지원시스템 홈페이지(http://seoji.nl.go.kr)와 국가자료공동목록시스템(http://www.nl.go.kr/kolisnet)에서 이용하실 수 있습니다. (CIP제어번호: CIP2013012713)